文芸社セレクション

HANZO　正宗

―伊賀忍士編―

尾古　貴大

OKO Takahiro

JN126653

文芸社

目次

登場人物

服部正宗《はっとりまさむね》　服部正晴の次男　15歳の時に里を出ていたが5年ぶりに戻ってくる　20歳
服部正晴《はっとりまさはる》　服部家当主　15代目服部半蔵　54歳
服部正影《はっとりまさかげ》　服部正晴の長男　里を去り現在行方不明　30歳

雲水《うんすい》　服部半蔵に仕える　伊賀の里のリーダー　48歳
霧雨《きりさめ》　伊賀の里の兄貴的存在　佐助にはナメられている　43歳
佐助《さすけ》　伊賀の里最年少であり里の中で唯一の女性　17歳
羅殺丸《らせつまる》　伊賀の里の中ではのんびり屋　体格も巨漢でパワー型の忍士　24歳
源内《げんない》　伊賀の里のメカニック　正宗の良き理解者　22歳
玄斎《げんさい》　伊賀の里の医療担当　46歳

才蔵《さいぞう》　伊賀の忍士　現在行方不明　45歳
悪来《あくらい》　伊賀の忍士　現在行方不明　44歳

虚空《こくう》　伊賀の忍士　現在行方不明　39歳

村雨《むらさめ》　術式の研究で服部一族に協力している　正晴の旧友　52歳

桜華《おうか》　正晴の亡き妻　没32歳

徳川慶家《とくがわよしいえ》　徳川一族の末裔　服部家を配下とし支えている　50歳台と思われるが詳細不明

HANZO　正宗

―伊賀忍士編―

―とある山奥の道中―

人気のない山奥の道をさらに遠く離れた山道から、双眼鏡を片手に黒のレオタードに腰にピンクのショール姿の人物が、悩ましげに腰をクネらせて溜め息を零す。

「あ～ら、予定通りってとこかしら。ちゃんとあのカビ臭い研究所から出たわ。しっかし、正宗様も良い男になったわね～。エアバイクの乗り回しも様になってるじゃな～い。アタシも後ろに乗って腰をギュッてしたいなぁ。それが正影様なら～あ～アタシ感じちゃう」

遠く離れたその場所では、肉眼で見ると蟻ぐらいのサイズのエアバイクが勢いよく山道を駆けている。レオタードの人物は、そのエアバイクに乗る一人の男に興奮を抑えられず声を漏らしていた。

「もうちょっと近くで見たかったわ。でも、お互いガントレット有りじゃね～。正宗様にもアタシが覗いているのバレちゃう。そうなると悪趣味の変態って思われるのも嫌だしね～。アタシも仕方なくやっているのよ。焦れったい。焦らされるほうの身にもなってほしいわ。まぁ焦らされれば焦らされるほど燃えるけど。それにしてもあのカビ臭い研究所の例のシステムでないと、仕上げの起動準備ができないとは…でもこれでアソコも用無し。それと、村雨教授の言っていたヤツらは現れていないわ。ほんとに機械ゴリゴリの輩なんてのが現れるのかしら…。デマじゃないの。まぁ、現れてもアタシがいるんだけどね。それにしてもやっぱりアタシが見込んだお人は違うわね。正宗様を心配されるその思いやり、尊いわ。さっさと終わらせて早くお側に。正宗様もお使いができたことだし、もう何もなそうだから退散しよ～か…な…。…って、あれ～…蝿が飛んでいるよね…」

変なテンションで双眼鏡の持つ手にも力が入った。双眼鏡からは、エアバイクに乗って走る一人の男を、ロボットじみた二人の人間が飛行しながら追いかけていたのが見えた。

「ガントレットのサーチにも引っ掛からなかった…アレがもしかして…機械ゴリゴリのトンチキ？　…それにしても単独飛行しているわ、あの二人…。あんな物があるなんて…。あの機械ゴリゴリの技術は…最新鋭といったところかしら…アレ欲しいわ。アレでデートしたらアタシ…あ～興奮するわ。って、オイッ、良い夢見ている時に邪魔して…そこのアタシの後ろっ。それでアタシの後ろを取ったつもり？」

双眼鏡を覗くのを止めて後ろを振り向くと、長身痩躯で頭部は赤いレンズがあるガスマスクのような物で覆われて、両腕が機械仕掛けの忍者姿の者が堂々と姿を現していた。

「その程度の気配ならアタシ気づいていましたから。アンタも機械ゴリゴリね、もしかして向こうで飛んでいるお仲間？　なら貸してよ、アタシも飛びたいのよ。今なら見逃してあげる…ダメ？　それかそのガスマスク取って姿見せてよ。容姿から察して男のようね。男前ならペロリしちゃう」

「オイ、オ前、小屋ヲ知ッテイルナ…マタ村雨…カ。トナルト…伊賀ノ者カ？」

機械仕掛けの声は、ガスマスク越しの籠ったような声と機械混じりの歪な声だった。

「その名を知っている…。ただのポンコツではないようね、ロボ吉。それにアタシを見つけてこうして近づけたことは…熱源を引っかける抗力や瘴気を隠せる何らかの方法を持っていて、察知能力もそっちが上ってことね。それに伊賀の存在を知っている…。そうなるとアンタはアタシと同業者ね。せっかくこんな山の中までアタシを追いかけてくれて、嬉しいけど、その悪趣味のマスクで顔を隠しているシャイボーイは好みじゃないわ、ザンネン、他へどうぞ。身体が機械ってのは気にしてないから。アタシには想い人がいるの。アンタの愛には応えられないわ。それにもうお別れよ。アンタたちの存在を確認できて十分だから、じゃ、サヨナラ」

「勝手ニ終ワリニスルナ。ソレニ、オ前、男ダロウ。ソノレオタード姿ハ…。勝手ニ俺ヲ弄ンデ振ッテンジャネェヨ。話ニナラン。トンダ馬鹿ニ会ッタナ」

「馬鹿ぁ？　アタシはアタシよ、女の子よ。男や女って、もうそんなもので括ること自体古いわ。もう時代は生き物すべてが愛の対象よ。だから、女や男って言っている時点で偏見よ。図体の割りには小さいわね、アンタの器」

「何ヲゴチャゴチャト…コノ、カマヤローガ。ソレニ、オ前ノ今ノ態度ハドッカラ見テモ、言ッテイルコトト真逆ノ好戦的態度ダロウガッ。何ガ愛ダ」

「あーあー言っちゃったわね、その禁句を。アタシに向かってカマヤローだとぉ。いい度胸だぁ。このアタシに向かってなぁ。おい、ロボ吉、ド頭かち割って脳みそぶちまけたろか、このどマヌケがぁ。ああん」

「オ前、最初カラ逃ガス気ネェダロウガッ、カマヤロー。俺モアンタノ正体ヲ知リタイカラナ。俺ト殺リ合ッテ後悔シロ。大人シクシタホウガ被害ハ少ナイゾ」

「アンタ程度でアタシを大人しくさせる？　無理、無理。アンタ、アタシの力も見誤っているわ。試してご覧なさい。それにアンタの腕…ガントレットみたいね…形が違うみたいだけどね。アタシを大人しくさせたいならそれに頼ってる間は無理ね。全ては五感よ。感じるのよ。目や耳、時には舐めて…さぁアタシを感じさせて」

機械仕掛けの男はレオタードの者に向かっていった。それを真っ向から余裕綽々で冷たい笑みを零し、レオタードの者も腰の後ろから大きな鉄扇を出し身構えていた。

「コイツハ驚イタ。抗力ガ膨ンデイル…抗力ヲコントロールデキルノカ…」

「フフッ、まだアンタはマシな口ね。アタシとの力の差を認められたから。じゃアタシが情けよ。蝶よりも舞い、蜂よりもスパッとその身体を剝いであげるわ」

機械仕掛けの男も接近中に刀身が赤くなっている刀を抜いていた。

「その赤い刀って…。もしかしてその刀の存在も知っているとはね…。でも、丁度いいハンデね。それよりも向こうね。…この程度の雑魚にやられるようじゃね…足掻いて切り抜けてみなさい、正宗様。おい、ロボ吉、避けられるかしら…術技…」

零章　開幕

時は第二次世界大戦から１００年後、西暦２０４５年。日本は戦後１００年という節目を迎えようとしていた。すでに崩れ落ちた民主主義を未だ盾にし、無責任な誇りだけを量産しながら薄っぺらい平和を守り続けられた今日までを国全体が大いに祝おうとしていた国内の裏では、平和とは真逆の世界の中で悲願の因縁を断ち切るために動く者が出てきた。

徳川が自ら徳川幕府を表舞台から退けて約１８０年の月日が過ぎし今日までの日本の裏では、影として徳川幕府だった頃の徳川として未だ人知れず生き永らえていた。その背景には戦国時代から変わらず懐刀として存続し続けた一族がいたからである。一族の名は伊賀の忍者、服部一族であった。

江戸時代末期、徳川幕府そのものに異を唱える強い意向が国中で働き、幕末志士たちの力によって大政奉還が行われ幕府は滅んだとされているが、それは表向きの話で、明治以降の徳川は日本政府の影で極秘に存在していた。徳川は幕府を終わらせる代わりに日本政府へ服部の存在を守るための協力を盟約とし表舞台から消えた。

徳川と服部の繋がりは深く、戦国時代に大活躍した2代目服部半蔵正成まで遡る。正成は独自の力を使い、敵陣地へのスパイ活動や戦場での高い戦闘技術が評価され、その独自の服部の力に徳川家康は大いに魅了され信頼を築く。因みに服部半蔵という名は世襲制の名で、忍者の知名度を上げる活躍をしたのがこの正成であり、今の忍者代表の代名詞にまでなった人物である。

盟約を結んでまで守ったその服部の力とは、昔は忍術と呼んでいた力で今は術技と呼ぶ力だった。その力を色濃く発揮させて徳川家康に説得させられるだけの力を見せたのが、2代目半蔵正成であり、その服部の因子を代々と歴史の裏で脈々と今も受け継がれていた。

しかし戦国時代から江戸幕府末期までは、その力の因子の究明の術を持たずわからないままだった。むしろその因子を持つ者たちはいつの世も忌み子と呼ばれ、世間からは肩身の狭い存在だった。徳川はずっとその力に魅了され続け、徳川幕府が滅んだ後も日本政府の力を使い、内密に独自にその力の究明を服部一族に解明させることにした。徳川幕府が無くなり約180年という時間が経とうとしていても、服部の根幹たる因子の力は未だ全ての解明に至らずにいる。

服部一族は明治以降、徳川と共に正式な服部半蔵の名は12代目服部半蔵正義が最後の服部として三重県桑名で没し忍者そのものが消滅した。…とされたが、正義の死後は徳川の命令により、服部の力の存在を隠すため服部一族と服部を支える者たちは、富士の樹海に伊賀の里を築き拠点とし存続し続けた。この時から伊賀の里の者は忍者と名乗らず、忍士と名乗り日本の裏の影で生きていた。

壹章　正　宗

現在の伊賀の頭首は15代服部半蔵正晴。その正晴を父とし30歳になる長男正影、20歳になる次男正宗がいる。正晴の妻桜華は20年前に死去している。今から8年前に、長男正影は次期半蔵として育てられたが突如里を去った。里の忍士たちは正影を次期服部半蔵の後継と考え疑わなかったが、正影が自ら里を出たことで、一部の里の忍士たちは正影に呼応するかのように里を去り行方を消した。

里を抜ける者にはそれ相応の処罰を下さなければならないが、正影や他の里を抜けた者たちが独自で伊賀に危害を加えるような行動を取っておらず、未だ正晴は行方知らずの正影と里を抜けた者たちの処罰にさえ至れずにいた。正晴は正影が姿を消してからは、次期半蔵に正宗がなることも考えるようになっていた。そんな正晴の考えを正宗も察していたが、半蔵を継ぐ気が最初からなく、むしろ滅ぶべきと心に秘めていた。

伊賀の里での正晴は、徳川勅命である術式の解明を頭首服部半蔵の名において片時も忘れることなく因子の研究は最優先に没頭していた。その研究に大きく貢献したのが村雨と名乗る教授だった。彼は、その時正晴が研究の協力要請を徳川に求めたことによりこの伊賀の里に招致された。正晴と村雨は古い付き合いで、服部の力の因子の研究を共に続けた仲であった。その村雨との協力関係も正影と同じようなタイミングの10年前から難しくなり、結局村雨もまた音信不通となる。里を抜けた10年間村雨も正影同様に伊賀に反旗を翻すような動きはなかった。その村雨から10年ぶりに突然の連絡が入る。内容は村雨もまた独自での研究を終えたので、そのデータの譲渡と譲渡の際には正宗のみ立ち会わせる、ということだった。正晴は何か意図を感じながらも、正宗に対してかねてから目論んでいた次期半蔵足る力量を測ることも含め正宗を試すため、危険を承知の上で正宗には村雨の条件をあえて言わずに向かわせた。正宗は村雨に会えば正影の手掛かりを得られると考え、命令に大人しく従った。正宗自身も伊賀には5年ぶりの帰郷となる。この任務によって強制帰郷となったが、自身の未来を守るため、正晴への反抗心を潜ませつつ任務に赴くのであった。

―山奥深くにあるとされている研究所―

村雨の指定場所は以前伊賀が使用していた研究所だった。その研究所は今日の伊賀に大きな力を与えた場所であり、その立役者こそが村雨だった。しかし、その研究所は10年前に籠手型のガントレットの開発、実装に成功してからは使われなくなった。その後村雨は自分の役目を終えたとし里から姿を消し、その2年後に正影もまた伊賀から消えた。さらに伊賀の一部の忍士たちも里から消えた。正晴はこの事で村雨に研究所を任せたことを後悔していた。その因縁のある研究所を村雨が指示してきた事に、正晴は服部の因子に纏わるものと確信をしていた。村雨の狙いも伊賀の服部の因子、つまり、正宗の生体に関わるデータを欲したことは理解できていた。そして、それを拒めば今後の因子の研究に遅れが出て不利になることも容易にわかっていた。過去にしてガントレットを作り上げた者の力を軽んじることはできず、屈辱的な感情を絡みつつ正宗に向かわせた正晴の心も、正宗は薄々見抜いていた。

村雨との記憶は正宗の子供の頃薄らあるぐらいのもので、正晴と村雨が親しかったのは知っていたが、当時の正宗には正晴や村雨のやっていることはわからなかった。だから研究所の存在は耳にする程度で詳しく知ることもなく関わりもなく育った。

正宗の今回の単独任務は忍士になってからほぼ初めての経験だった。これまで正宗は任務に就く経験は極端に少なく、忍士としての資質はあったが忍士足る術技を得るに至らず戦力に直結できるだけの力がなかったからだ。正宗も自身の非力さは自覚できていたからこそ、忍士の道ではなく普通の人間として生きることを望み、正晴の許可を得て5年前に里を出た。

だが、今回の任務は服部半蔵の名の下による命令。服部半蔵の命令は絶対、正宗に拒否する権利はなく、着慣れない伊賀の忍士特有の忍び装束に似た装束に身を包む。スポーツウェアに近い機能性、銃の弾ぐらいは軽々と防げる防御性重視のスリムな機能の戦闘装束、任務や戦場で使用する忍士具の入ったポーチを身体の一部に巻く。利き腕ではない左腕にガントレットと呼ぶ籠手を身に着ける。正宗は久々にこれらを身に着け、愛用する護身用の小太刀一振りを腰に所持して向かっていた。正宗は実践的戦闘能力が低く移動時も他の忍士と違い移動時はエアバイクで移動する。他の忍士は術技を駆使し、自力で時に風よりも速く移動を可能にしていた。ただ、正宗は里内では非力だが、一般の人間と比べると決して力がないわけではない。それに護身術として剣の扱いを一応幼少から伝授され、ガントレットの力と併用すれば何とか忍士として動けるレベルにはあった。

研究所の道順のデータが入ったガントレットをエアバイクのハンドル付近にあるプラグと繋ぎ情報を転送させた。研究所は伊賀の里から100キロぐらい離れている山奥。正宗が愛用するエアバイクも村雨の発明品の一つ。エアバイクの走行は二輪バイクの前後輪の位置にあるタイヤがジェットホバーになっていてホバリングで走行する。

原動力は電気で、バッテリーを積んで省エネ化でフル充電なら一日ぐらいは充電無しで走れる。さらに太陽電池も補助としてある。場所も浅瀬や川を渡るぐらいなら問題なく走行することが可能。形状もバイク型なので小回りも利き、その利便性から正宗は愛用していた。

　情報を元にして目的地までエアバイクを自動操縦運転に切り換え、正宗は研究所を目指し走っていた。研究所に向かうほど山中深く、目的地付近に近づいても一目では研究所など在りそうにない。休憩も兼ねて一旦止まって正宗は辺りの様子を見渡す。

「目的地にはそろそろ到着のはず…昔はエアバイクもなかったから半日以上はかかっていた距離だ。里を出て3時間…もう昼過ぎか。それにしても何やら息苦しくも感じる。山中には瘴気がある…となると長居はしたくない。山の中だから目的地もすぐに見つかると思っていたが…クソ親父から貰ったデータは当てになるのか…？」

　ガントレットに付いている小型ディスプレイを見ながら、辺りにサーチをかけるが研究所が近いことだけは示していた。正宗はエアバイクから降りて辺りを探す。

「らしいものはないな。こんなことなら前もって目印になるものを教えてくれてもよかっただろう。ほんと面倒だ…あのクソ親父は、半蔵の名を俺に継がせようと試しているようだが、アレは兄さんのものだ。俺は関係ない。悲しいことも過去にあったと聞いている。全部忍士のせいだろ…俺は母を知らない。俺を産んですぐに死んだ…」

辺りを探索していると、細かな赤黒い粒子が正宗の周りで漂い始めた。

「うん…？　少しまた息苦しくなった。ガントレットも察知し始めた…。身体にも細かな赤黒い粒子…瘴気が俺に寄ってきている。里へ帰郷してから瘴気に好まれている…微量だが瘴気が身体に纏わりつくような…。今日の明け方目を覚ますと球体のような赤黒い粒子の集合体が部屋の窓の向こうでぼんやりと現れた。何かの予兆なのか…？　今はあのクソ親父に言われた目的地だ。集中しろ、俺」

正宗はまたエアバイクまで戻り、来た道をさらに少し進んでみると人が休めるような山小屋を見つけた。その山小屋こそが目的地とガントレットは正宗に知らせた。正宗は山小屋の近くにバイクを止めて周りを警戒しながら山小屋を探ることにした。降りてからずっと正宗の身体は瘴気を感じながら、山小屋の周辺を見て回ったが特に何もなかった。正宗は山小屋の中に踏み込むため入口へと向かう。

―山深い森の中の山小屋の入口前―

山小屋の入口の前で正宗は身体を強張らせて警戒心をさらに強めた。外見からしても特に研究所という建物ではなく山奥にあるペンションそのもの。到底研究施設には見えない。外観から窓を確認できた。入口近くの窓ガラスまで寄り、まず窓ガラスの縁を人差し指で触れる。正宗の人差し指には埃がぎっしりとこびりつく。人の気配はない。ガントレットからも人を示すような熱源は探知していない。正宗はその窓から息を殺して恐る恐る中の様子を窺う。

「…山岳で遭難時に使われるような山小屋だ。窓が汚れて見えづらいが中の様子も外観通りの中身だ。暖炉があり無造作に木の机や椅子があって散らかっている。登山客の休憩所みたいだ。相当使われていないだろう。窓ガラスの汚れから見てわかる。研究所じゃない。ここはただの山小屋にしか見えない。中に入るか…」

正宗は小屋のドアのノブに手をかけた。握ったドアノブに埃やクモの巣のようなものが手に付かないことに違和感を覚えながらドアノブを捻ると、ガントレットが反応してドアが解錠された。ドアも見た目以上にしっかりとしたドアでこの山小屋の外見には似つかわしくない鉄製の電子ドアだった。ドアの解錠後、錆びたような擦り切れた音もなくスムーズにドアは開いた。警戒の手を緩めることなく中に入る。窓から太陽の光が入っているが、光が届かない場所は薄暗い。差し込んでいる光を頼りに外の窓から覗けなかった薄暗い場所を見て回った。

「ガントレットが反応している…。ドアを開いた時に微かな機械音が聞こえた…電気が通っている…。非常用に電気が通っているのか…。ただの山小屋ではない…。入る時もドアノブが吹きさらしで傷んでいるかと思いきやそこまで傷みは激しくなかった。外から見てもわからなかったが、中に入れば部屋は二部屋の間取りか。埃はあるがキッチンには生活感がある。空っぽの冷蔵庫…電気が通っている。何かこの部屋には違和感がある…何だこの違和感は。…そうだ、到着したらガントレット内のデータ通信を起動させろと言っていた。起動させれば…」

正宗はガントレットのディスプレイを操作してデータ通信機能を起動させると、この小屋の見取り図の情報を入手した。ガントレットにも同時にこの山小屋から情報が入ってきて情報の解読が進む。

解読結果は数分で完了した。この山小屋の地下に研究所があり、その研究所に入るまでに地下にはドアが三つ。どれも入るまでにパスコードがいる。それらは全部正宗のガントレットで解錠できるようになっている…という内容だった。ディスプレイには地下につながる入口を示していた。地下への入口は、最初に外の窓から見た木製の机の下の床だった。正宗が机を退けても入口らしきものは見当たらない。ガントレットのライトで照らしてみると人が一人入るぐらいの正方形の跡があった。その付近に何かを読み込ませるような小さなプレートがあった。この部屋内の配色と同化して見つけづらかったが、ガントレットが先に反応し床のプレートが発光しながら地下へと繋がる階段が正宗を招き入れるよう現れた。

「ここから先は特定の人間しか入れないというわけか…。ガントレットで反応させるやり方…さすがガントレットを作った村雨教授らしいやり方だ。おそらくこれも俺のガントレットだから開いたか…下りてみよう」

　ガントレットのライトを頼りに地下に下りると一本道になっていて、その通路内に並列して四つの部屋を発見する。下りて一番近い部屋の扉に近づいたが開く気配もない。ドア付近をライトで照らすとプレートらしきものが見つかる。そのプレートは床の入口と似ていた。そのプレートにまたガントレットをかざすと、床の入口同様に部屋のドアが開いた。その設置していた四つの部屋全部が同じ仕組みで正宗は次々と探索をしていったが変わったものはなく、ただの何もない部屋だった。どの部屋にも大画面のモニターのようなものが入口の反対側の壁だけに設置されてはいるが、起動していない。あとはベッドが一つあったような形跡が各部屋には位置が違えどある。左隅の天井に必ず小型のスピーカーが吊り下げられていた。その部屋は刑務所の一部屋みたいな重苦しさを醸し出している。ただそれだけだった。どのベッドも埃を被ったままの部屋だったが、目立って壊れているようものはなかった。正宗はそのまま各部屋を調べ終わるとまた一本道の廊下に戻り、そのまま奥に進行すると二つ目の扉が現れた。またガントレットが扉に反応して扉が開きさらに正宗は進んで行った。

二つ目の扉が開いた先にもう三つ目の扉は見えていた。三つ目の扉までも100メートルぐらいの距離でまた一本道の通路だった。二つ目のドアを跨ぎ進入すると同時に二つ目の扉が自動的に閉まった。正宗は少し焦ってガントレットのライトで辺りを見回した。見回すと同時に、三つ目の扉まで案内するかのように通路の壁に沿って足元からライトが自動で点いた。そのライトに招かれながら三つ目の扉を目指した。道に沿って進みながら気がつく。地下に入ってからはガントレットからも瘴気の反応はない。外の瘴気による息苦しさはこの地下にはなかった。通路を半分ぐらい通過した辺りで廊下全体を照らすライトが上から点く。正宗は明るくなった通路の中を進み三つ目の扉の前まで来た。辺りを見回すとドアとドア付近にやはりプレートとそのドアの左隅の天井の壁にスピーカーらしきものを発見する。そこから機械音声で「止マレ」と警告してきた。正宗は通路の真ん中で警戒して立ち止まった。立ち止まっている時もガントレットはプレートに反応していた。正宗が立ち止まったら次に赤外線レーザーが正宗の身体の頭から爪先まで這うように放射された。時間にして1分もかからず赤外線レーザーは消え「ココカラ先、許可スル」と、また天井のスピーカーらしきものから指示が出た後ドアは開かれた。ドアが開かれると宇宙船の中のような仕上がりの廊下の先に施錠がないドアがあり目的の場所へと続いていた。その部屋のドアを開ける前に、ドアが少し透けて眩しいぐらいの光が廊下に零れていた。正宗はその透けた扉を押し開いて目的地の場所としたその部屋に入った。

入ってみると、だだっ広い部屋で山小屋の下にある部屋とは到底思えない研究室だった。大きな円柱のような装置や机などがあった。入るとガントレットはすでに反応していた。ガントレットのディスプレイで動向を確認していると何か情報をキャッチしていた。その情報取得のためガントレットは自動で動いていた。その情報取得には時間がかかることをガントレットは正宗に知らせ、その間正宗は自分の足で部屋を調べることにした。

「村雨教授はいない…。この部屋も電気だけは通っているけど、この部屋にある装置は動いていない…か。しかし、ガントレットが自動で動き出すということが、そもそもすでに意味を成しているということか…それか村雨教授に何かあったか…どちらにしてもまずはガントレットの解析を待つしかないな…にしてもこの施設は何だ」

正宗は地下のこの研究所の部屋を見て圧倒されていた。その中に工場で使用するような大きな金型みたいな機械もあり、部屋の中心には大きなコンピュータ制御を行っているような円柱型の機械が堂々と立っている。肝心な手掛かりのような資料、情報は見当たらなかった。正宗はその大きな機械を見て回っていると、ガントレットが情報取得完了を知らせた。さっそく情報の中身を開けようとしても開くことができなかった。それ以上ガントレットも自動に動くことはなかった。村雨からの伝言がガントレットに残っていた。中身は里でしか開くことはできない。最後にガントレットを介して村雨から正宗に伝えられた。入手した情報を知るために早速正宗は山小屋を離れ、エアバイクに跨った。

―里への帰路の山道―

正宗は山小屋から出るとまた行きと同様に瘴気の重さを感じ、一刻も早く山道を抜けるためスピードを上げる。纏わりつくように時折どこからともなく空気中に湧いて出てくる赤黒い瘴気の粒子が、いつの間にか少し身体の表面に付着して正宗を鈍く苦しめる。何もない平凡なカーブが多い山道を駆け抜け伊賀を目指す。しかし、まだ山道を半分ぐらい越えたあたりで正宗の左腕のガントレットが反応した。ガントレットのディスプレイから後方6時と7時の方向から二つの正体不明の追手が迫っていた。そのスピードはエアバイクの速さに劣らず、じわりじわりと正宗に追いついてきていた。人では為せない動き方がガントレットのディスプレイからも把握できた。

ガントレットのサーチ結果は、正宗の後方にいるその者たちの抗力の大きさが自分より遥かに上ということ、このまま走れば時間にしてあと5分程度で追いつかれるということ。その上、正宗には追手を退ける手段と言えば、ポーチに入っている忍士具の捕獲用のネットと、追尾機能の手裏剣と逃げる時に相手を怯ませるぐらいの爆裂弾。そもそも正宗自体が忍士具の扱いも不得手のため直接死に至るまでの殺傷性のある忍士具は使いこなせない。後は応急処置の治療丸薬、正宗自身が身につけた護身用として腰に携えた小太刀による護身一刀流剣技という剣術しかない。忍士の代名詞となる術技がからっきし使えない。戦闘になるということを予測していなかったというわけではなかったが、事態の想定が甘かったことを自らエアバイクに乗りながら後悔していた。それでも入手したデータだけは奪われないように正宗はアクセルを強く握り刻一刻と迫る背後に為す術はなかったが諦めてもいなかった。

エアバイクにはターボ機能が搭載されている。アクセルの限界をさらに開けることでターボ機能が解除され、一瞬でトップスピードまで跳ね上がるロケットモードになる。その代償は使用すれば最後、カーブを曲がれない直進専門と化す。山道では使いどころを間違えると道を外れて即崖へダイブ。そうなればエアバイク共々あの世行き。そしてもう一つ弱点がある。ロケットモードの持続時間が短い。持って最大3分程度、それ以上はエンジンが焼けて、その後走れなくなる。ロケットモードを1分でも使用すると、その後の最大スピードは時速30キロ程度まで落ちる。因みにロケットモードなら時速300キロは出せる。さらに戦闘装束を着ていると空気抵抗にも耐えられ、400キロでも実質可動を可能にする。ジャンプ台みたいな傾斜のあるようなところを利用すれば、ホバリングで飛距離を伸ばせる大ジャンプも可能になる。現実的ではないがそれだけの力を秘めている。その力こそ、この今ある困難に使える最大の武器だった。

正宗はガントレットの情報を確認しながら迫りくる熱源に対してさらに加速させる。ターボ機能の開放を目指しアクセルを開けてロケットモードの一歩手前まで力の開放の準備をしていた。自動走行はセーフティロックの制限でスピードを制御して安全を担保し走行する手段で、任意走行でないとターボ機能は使えない。任意走行に切り替えセーフティロックを外す指示をガントレットに出していた。ガントレットとバイクの所有者が一致しなければセーフティロックの解除ができない仕掛けにもなっている。

開放までの条件を揃えるにも苦労する代物で、さらに使いどころを考えなければいけない。正に切り札。ガントレットからは後ろを振り向けば姿が見えるだろうというところまでもう追いつかれていた。

「向こうは道なりに追ってきていない。このクネクネした山道を無視して直進の最短距離を進んで詰めてきている…。考えられるのは何らかの力で飛んでいるということか…。やはりロケットモードで振り切らなければ逃げ切れない。かと言ってカーブばかりで直線がない。たとえ振り切れてもその後、帰れるだけのエネルギーはあるのか…。でも、やるしかない。なっ…何だ…うっ目が…痛む…うっ…。なんだ…」

正宗は聞いた覚えがある女性のような声が頭の中で響く。

…次のカーブを右。ハンドルはもう右に、その後のカーブは左。

正宗は脳裏で聞こえた言葉通りにハンドルを右に切る。すると左のカーブも現れた。

…左カーブを抜けたら直線。そこでアクセルを開けて一気に飛ばして。

正宗は左カーブを抜けると同時にターボ機能を発動させるためハンドルを深く握り捻り開けた。エアバイクも正宗の意思に呼応しスピードが上がっていく。その上がっている瞬間に二つの熱源は真後ろから勢いよく追いついていた。その内の一人が正宗を捕えようと背後からもうすでに手を伸ばしていたが、その時にターボ機能が発動。

エアバイクは大きな力を開放し、一瞬にして更なる加速力を得て距離を引き離した。

正宗を摑もうとしたその手は空を摑み、正宗を摑み損ねていた。

…そのままのスピードで、あとはカーブを曲がらず一気にジャンプ。

正宗は脳裏の声に従いカーブを曲がらずにそのまま突っ込んだ。曲がることなく崖へと突っ込みエアバイクごと落下した。谷底に向かうエアバイクに正宗はホバー能力を最大にして、不安定な車体の維持をしながら少しでも落下のスピードを抑える努力をした。それでも車体の重さで落下し続ける。正宗はエアバイクのプラグにガントレットを接続していたコードを強制的に抜いて解除した。

…エアバイクから身体を離して、エアバイクを踏み台にして蹴り離して、今っ。

「落下中の重力に逆らいながら蹴って飛ぶ？　…ちっ、やるしか…目が…ウァァ…」

正宗の瞼に大きな刺激が走った。それでも正宗は痛みの中、脳裏で聞こえた声に従い、エアバイクから身体を離すためエアバイクの椅子の上を利用して、落下の重力に逆らうように踏ん張り飛んだ。何とか体勢は崩れながらもエアバイクから離れ落下していった。正宗とエアバイクから二手に分かれて離れ落ちていく。絶体絶命の落下中の正宗を助けようと、空中で鳥が獲物を浚うように颯爽と現れた。

「術技瞬天…。ふぅーギリギリだ…さらに…術技瞬空天、ハッ」

正宗は空中でキャッチされ、瞬く間に抱えられまた空中で消えた。正宗が次に目を開けた時にはもう行きがけに通ってきた山道の道の上にいた。

「次は何が起こった…。初めてだ…。まだ目が痛む…あっ、う、雲水か…た、助かった。ありがとう」

正宗はすぐにわかった。正宗をキャッチしたのは大柄で白髪でゴーグルを着けて、正宗と色合いだけが違う青と黒を貴重とした戦闘装束を身に着けた里のリーダーの雲水だった。

「ふぅー、若の忍士具ポーチに私のマーカーを入れておいて正解でした。なかったら瞬天で若のところには行けなかった。その後のさすがに若を抱えての瞬空天を連発は抗力の消費が思った以上に…まだ見ての通り里までも距離はあるのに、なぜあんなところでダイブを？　それにあのエアバイクは確か若のお気に入りのはず。それを捨てる…？」

正宗は雲水に助けられた。最後の一瞬が遅かったら背後の敵の手に捕まっていたかもしれないし、はたまたエアバイク共々谷底にダイブしていたかもしれない。

「雲水、その若はやめてくれって言っているだろ。とにかく雲水が来てくれたのであれば心強い。説明は後、まずはデータを送るから受け取ってくれ。ここで手に入れたデータをコピーすれば…。雲水のゴーグル型のガントレットに送る。ホラッ、…って二つの熱源ももう近いな。なんだ？　やはりレーダーを見れば地形を無視してこっちに直進。コイツら浮いていると考えた方がいい。それももうわかるだろう、近くまでいる。データ転送を早くっ…もうすぐのはず…って、データが飛ばない…」

正宗は雲水にもデータ転送してコピーを試みたが失敗に終わった。

「一体若は何をなさっていますか？　それと私たちの後を追っている二つの熱源は？正体不明…ガントレットでサーチできているということは抗力がある…忍士？」

雲水も追手の動向を気にしながら、自分が身に着けているゴーグル型のガントレットで正体を探っていたが知ることはできなかった。

「手に入れたデータを他のガントレットに転送が無理か。うっ…こ、こんな時に目が…また…かすんできた。まだ…まだ…見えている…」

正宗は右手の掌で両瞼を抑えていた。

「若…、大丈夫ですか。ゴーグルでももうすぐのところまで。この動きは…飛んでいる…。あっ、危ない正体不明…近い…上空に。失礼…」

雲水のゴーグル型のレンズ上がディスプレイと同様になっていて、そのレンズ上で追手の二人がもう側まで迫っていた。その内の一人が襲いかかろうと迫っていた。雲水は正宗を両手で押し飛ばして上空からの攻撃を回避した。しかし、その雲水の行動で雲水の前にはすでに上空からその二つの熱源が現れていた。

正宗たちを襲ったその二つの熱源の容姿は、二つとも190センチを超えるぐらいの大柄の身体で、人ではあるがどちらも身体の一部が機械化になっている。一人は右手が機械、一人は左足が機械になっている。二人とも顔は、目のところに赤いレンズがあるガスマスクのようなマスクを着け素顔は隠れて読み取れない。体格は筋肉隆々の身体で二人とも背中に背負っているものがある。それがここまで地形を無視して行けた理由だろうと正宗は雲水の目の前に立っている二人を横で推測していた。今のどの技術レベルであっても人ひとりの単独浮遊はできないのが現状のはず…が目の前で見せつけられた。それを可能にしているのが彼らの背中のジェットパックのようなもの。武装は物々しい兵装で銃の類は通らないような黒色のプロテクターを身に着けている。足回りもスラスターのようなものがあり、エアバイクのホバーの技術が使われている装備となって上空から下降した際、そのふくらはぎ辺りのスラスターを使い上空から着地したのを正宗は見た。少なくとも正宗も雲水もその技術革新レベルに驚きを隠せなかった。

その二人をすぐに脅威と感じ、雲水もまた瞬天を使い、押し離した正宗の横に移動した。雲水の瞬時の移動方法に二つの熱源の者たちは呆気にとられ、雲水の移動を容易く許してしまった。

「若っ、今は逃げます。とにかく不利です。こっちも増援を呼んでいるところです。それまではとにかく逃げます。できるだけ遠くに行きます」

「いや、俺を捨てていけ、このガントレットをなんとしても」

「できません。それに向こうの様子から瞬天を知っていなかった。つまり術技自体にくわしくはないと言うことです。それなら幾分か時間は稼げるはず…若、御免」

雲水は容赦なく正宗を抱え、また瞬空天を使って姿を消した。正宗を抱えた雲水の動きは空中をコマ送りのように移動する。しかし、この術技瞬天、瞬空天は抗力の消費が多すぎるため連発は控えるのが得策。さらに一人ではなく、今の雲水は正宗を抱えながらの行動制限下でより抗力を必要とした。雲水も瞬空天を使いながらできるだけの移動をし、まずは正宗の安全を優先に心がけた。

雲水が使う瞬天は忍士の基本術技。瞬空天は瞬天の応用の術技。その仕組みは、どちらも自分の抗力を付着先のところへなら、行き来を可能にする移動手段の術技。ただ、瞬天は薄っぺらい紙に使用者の抗力を付着させたマーカーと呼ばれるものを使い移動を可能にして、瞬空天はマーカーではなく、一度訪れた場所や土地の空中に抗力を残しその抗力をマーカー代わりにしている。しかし、空中でマーカー代わりの抗力を留めなければならないという抗力コントロールも技術として必要とし、瞬空天発動中は空中に抗力の代わりのマーカーを維持させなければならないため、抗力を消費し続けることになり使用者の負担が大きくなるのが欠点。瞬天は抗力の消費量と比例して移動できる距離が決まる。移動距離を長くすれば抗力消費が多い欠点がある。

念のためこれまでの道中に雲水は要所になるようなところに、マーカーの札を張ったりして移動していた。また帰りのことを考えて大気中にも抗力を残して進んできたが、正宗を抱えて移動となるともう抗力が無くなるのは時間の問題だった。それでも、正宗を抱え、木に設置したマーカー札を頼りに瞬天、空中の抗力を頼りに瞬空天で飛んで山道を少しでも抜けようとしていた。抗力が尽きれば抗力を回復するためにまた時間が必要となる。今はそんな時間はない。増援が来るまでの時間稼ぎに雲水は努めた。雲水は今の状況を正宗にも悟られまいと気を使いながら、逃避し続けても抗力の消費が目立ち移動距離も次第に短くなってしまっていた。もう追いつかれるのは時間の問題だった。

「雲水、もういい。一旦下ろしてくれ」

移動最中の正宗の提案に雲水は立ち止まり正宗を下ろした。

「このままだと全滅だ。なんとしてもこのガントレットを。雲水、俺のガントレットを渡すからお前が里に戻れ。一人なら身軽で必ず逃げ切れる。後は任せた」

　正宗は自分の左腕に身に着けている籠手型のガントレットを外そうとしていたが、雲水はその行動を止めて正宗の提案に反論した。

「若っ。確かに今そのガントレットは大事なご様子。しかし、すべて若あってこそ。確かにガントレットだけを持ち帰って情報とやらを手にできるかもしれません。しかしそれと引きかえに若を見捨てるようなことをすれば、それはもう私が伊賀の者ではなくなります。ガントレットよりも若です。私は若を置いていくことなど考えていません。私は若を守る義務があります。私の命で若を守れるのなら安いものです」

「馬鹿か。命に安いも高いもあるか。お前は一人しかいない。こうなったらやるか…二人で。少しでも雲水の足を引っ張らないためにも」

「私のガントレットのサーチ内のレーダーにも入っています。もう近いですが…まだそれでも15分以上はかかる…。来る道中に目印代わりにマーカーも付けている。それを使ってくれれば、もう少し早くは…」

「何とかやり過ごすぞ。俺が言うのも情けない話だが…雲水、頼りにしている。もうヤツらが来るか。ガントレットが反応…」

「若はできるだけ離れて下さい。私に一つ考えがあります。向こうは機械…。なら何とかなります。ここは私が…。若、今はできるだけ遠くへ」

正宗は雲水の号令で後ろを振り向かず離れていく。雲水はもう間もなく来る二つの熱源を迎え撃つため戦闘態勢に入り、両手の甲に着けている鉤爪の爪を出し身構えた。

雲水のゴーグル型のガントレットから二つの熱源が流れ星となってレンズ上で走った。

「さっき少し見たがヤツらは初めてだ。私たちを迷うことなく追跡している。それは抗力の存在を知っている、抗力をサーチしている。それにこの山道にある瘴気の中をもろともせず追えている、あの機械仕掛けはなんだ？　そして、後ろに付いているジェットパック…やはり飛行か…技術レベルが違う。だが、あの機械仕掛けなら…。まぁいい、やればわかる。私が相手してやる」

雲水は力を溜めるためその場で踏ん張って深い呼吸をした。辺りの微量ながらに薄ら見える赤黒い粒子が雲水の周りを取り巻く。その赤黒い粒子は雲水の身体に近づくと白くなり、体内に入る時には半透明の粒子となって雲水の中に溶け込むように取り込まれていく。そんな雲水の様子を上空から見下ろしながら下降し、二つの熱源は雲水に追いついた。

―山道での「武」と「闘」―

二つの熱源は、雲水の前方の上空から舞い降りながら雲水と対峙する。

「追イツイタ。キサマタチハ術技ヲ使ウカ…。伊賀ノ者カ?」

追手の二人は、左肩にそれぞれ「武」と「闘」の一字を書いた肩当てを着けていた。

その「武」の方が雲水に興味を示していた。外見からはどこかに潜入するようなマスクの大きな赤いレンズ越しで雲水の方を見ている。その内の一人の「闘」と書いている方は正宗を探している様子だった。時間稼ぎに雲水も話しかけた。

「そう言うお前らこそ一体何者だ。なぜ伊賀を知っている? それにその機械の身体はなんだ?」

肩に「武」とある方が嘲笑い、マスク越しの籠った声で雲水の会話に乗ってきた。

「驚イタナ。…伊賀カ。ソレナラソレデマタ厄介ダ。…ナァ?」

「武」の方は肩に「闘」と書いている者に話しかけるが、「闘」の方は話にも応じず、正宗を探して辺りをきょろきょろしている。

「相変ワラズダナ。オ前ハ必要最低限シカシャベラナイ。コミュニケーション能力ナイノカヨ。コンナ役、イツモ俺ジャナイカ。知ラナイ人ト話スノハイケナイッテ、ガキノ頃ニ言ワレナカッタカ？　ソレニ実際、人見知リハ俺ノ方ナンダゼ」

「…無駄口ハ、イイ」

「ワカッタヨ。シャベレバコレダ。ジャ俺ハ、モウ一人ヲ追ウ。目ト鼻ノ先ニイルカラナ。戦闘ハオ前ノ担当ダロ？　ココハマカセタ」

「…ワカッタ」

「闘」の方が雲水を襲ってきた。その間に「武」の方が正宗を追うため動いていた。雲水は突っ込んでくる「闘」の方を無視して「武」の行く手を阻もうと追いかけた。

「キサマノ相手ヲシテイル暇ハナイ。ハァッ…忍術火炎龍」

「武」は雲水がこっちに向かって来るのを察知し、雲水が自分の近くに来るタイミングで、自分の足元付近に何か仕掛け、その後すぐに「武」の目の前の場所から大きな炎の渦が一瞬で巻き上がり、天を焦がすぐらいの炎の竜巻となっていた。

「何っ。忍術…。それも火炎龍とは…」

あと一歩のところで踏み留まり雲水は回避した。雲水も「武」の足元に何か札のような物を仕掛けていることを見逃していなかった。

「ちっ…それにしてもあの忍術…禁忌の術。まさか生きている間に見るとは…。言い伝えだけの眉唾物と思っていた…威力も大きい。昔の知識が役立つとはな…」

「武」の忍術火炎龍を回避すると、その隙を狙っていたかのように今度は「闘」が雲水のところまで追いついていた。「闘」は追いついた勢いを殺さず、雲水に狙いを合わせて蹴りを繰り出していた。

「術技雷刃」

雲水もその背後から襲ってきている「闘」の攻撃に対して反撃を加えようと、雲水は自分の両腕の鉤爪の先には雷を帯びた刃が出来上がっていた。その雷の刃で「闘」の繰り出された左足の蹴ってくる足を目掛けて斬りつけた後ギリギリのところで身体を捻ってかわす。「闘」の左足はダメージを受け、ショートしたような小さな爆発が起き煙を上げる。

「何ッ雷ノ属性ダト…信ジラレナイ…。アレデハ左足ハ使エナイカ…」

「闘」は無言を貫くも、左足のダメージを側で見た「武」は雲水の術技に動揺した。

「読みが当たった。お前たちは機械…機械は雷に弱いからな」

「武」は「闘」のところにすぐ寄り添った。

「クソッ予定変更ダ。先ニオ前ダ。モウ一人ハ後ダ。雷ノ属性ダト…。ソレハ派生属性カァッ」

「武」の焦りと怒りが混じった言葉に雲水はひっかかり、違和感を抱いた。

「ほほう、少しは知っているか…派生属性を。そう火水土風の理の四大属性が基本だが、派生属性はその四大属性から新たな力として生まれた属性だ。雷はその風から生まれた派生属性。簡単に言うと、機械系統は雷に弱いのが相場。つまり、お前たちにとって俺は天敵だ。ただ、お前のさっきの忍術は昔に滅んだ忍術だ。それを持ち出すとは…それもまた禁忌の忍術とはな。おい、機械仕掛け、その禁忌の忍術をどこで…？」

「見セテモラッタゾ。…デ、ソレデ勝ッタツモリカ…。忍者ナラ使エテ不思議デハナイダロウ」

「派生属性を知っていたといい…禁忌の忍術を使うといい…。しかし、術技は使ってきていない…。少なくとも見た目からしても忍士ではないな。忍士よりも忍者に限りなく近い。だが、忍者はいないはず…お前のその出で立ちからも物語っている。黒のプロテクターを纏っているが、忍び装束のようなものを着ている。忍者のようで忍者ではないその容姿には古いものと新しいものが混在している」

またも「武」は雲水の言葉にひっかかり、驚いた声を上げる。

「忍士ダト…ナンダ、ソレハ。勝手ナモノヲ作リヤガッタナ。オ前タチガイルカラ我々ガ生マレル。ソレハ、昔モ今モ、ソシテ、コレカラモダ。ソノ結果ガ、コレダァ、コノ身体ダァ。見セテヤル。オ前ヨリモ上デアルコトヲナァ」

「武」が今度は雲へ飛来して襲ってきた。「闘」はその場から動かずにいた。しかし、雲水は「闘」にも警戒しつつ、襲いかかってきた「武」の迎撃に合わせた。

「では、次はお前だ…。術技雷…刃」

「オイッ、銀髪ゴーグル。舐メテルナ。サッキ見タゾ。ソノ手ニ…当タルカッ」

雲水の術技発動を遮るように、「武」が機械仕掛けのその右手を使い殴りかかってきた。雲水は容易に避けられると判断して、首元を動かして最小限の動きで避けようとした時、「武」の右腕の外側の袖あたりから、首を刎ねるのに容易な大きさの刃が雲水を斬りつける。雲水は仰け反って刃をかわすが、皮一寸を犠牲にした。さらに、術技を発動させせて反撃使用としたが満足に抗力が練れていなかった。相手に抗力切れを悟られまいとかわすことで精一杯という演技を織り交ぜて、「武」との距離を作った。しかし、執拗に「武」もまたさらに距離を詰め雲水に迫る。雲水は抗力のリロードに集中しながら、「武」から捕まらないように距離を離す回避行動を取る。「武」が執拗に追ってきた結果、「闘」を逃してしまった。雲水のゴーグルのレンズ上ではすでに正宗を追っている熱源が一つあった。「闘」は正宗を追って移動していた。

「まずいな。やはり狙っていたな。それにあの足でまだ動けるか…。耐久力もあるんだな、さすがの技術だ。それにヤツらのジェットパックも厄介だ…。さっさと終わらせて若のところに…。その腕ごと潰して動けなくさせてやる」

「何ヲゴチャゴチャト…銀髪ゴーグルッ」

　雲水は再度術技を試みるだけの抗力はリロードできていた。だが、ギリギリ一、二発を発動できる程度。それに威力を上げた高度な術技まではできない。もし体内にある抗力を出し切り、さらにオーバーしてまで使えばそれこそどうなるものか…だからこそ、より少ない抗力で最大の効果を上げる術技を発動して、ここで「武」を動けなくさせなければならない。そうしなければ、この後の正宗を助ける確率が下がる。正宗を助ける時にも抗力が必要となることを考えると雲水は慎重になっていた。

「コッチモ同ジデ、イロイロアルンダヨ。仲間ニ今出シ抜カレタ…俺ノ手柄ガ…。オイ、銀髪ゴーグル、覚悟デモ決メタヨウナ顔ニナッテイルゾ、特攻カ？　自棄ニナッタトテ何モ変ワラナイ。試シテミロヨ？　コッチモ準備ハデキタ。覚悟ハイイナ、オオウ？」

　雲水も「武」の挑発に乗り「武」から捕まらないように逃げていた足を止め、「武」に真っ向から身構えその場で術技の発動に移る。追いかけていた「武」も雲水の身構えた姿を見て、スピードを上げて突っ込み、術技の発動を阻止するように立ち回る。

「御託はいい。準備ができたとか覚悟とかいちいちこれから殺ろうとしている目の前の者に言う馬鹿がいるとはな…とんだ自信だ。上には上がいるって事を教えてやる」

「オ前、粋ガルナヨ、バテバテダロウガ。残リノ抗力グライワカル。大シテ残ッテイナイ、ソンナ程度ノ力デ俺ヲ殺レルッテノカ？」

「武」の突っ込む勢いは衰えず、むしろジェットパックの出力を上げさらに上がり加速する。

「抗力の存在を知っている…なぜ術技を使わない…？　それに抗力の残量がわかるのか？　その技術知りたい。まぁ一発は打てる。それで十分だ。私はお前と違う…忍士を見せてやる。雷の術技をな。ハァァァァ、術技雷光弾」

雲水は左手で右手首を抑えて持ち上げ、前方にいる「武」に向けた。その掌から雷を帯びた大きな球体が早いスピードで膨らんで出来上がっていた。「武」が近づいた時には、球体の大きさは「武」から見て雲水の上半身を覆う大きさになっていた。

「マズイ、雷ノ球体ガ…打タセルカァ。間ニ合ワセル…。舐メタコトシヤガッテ、クソォガァァ」

その大きさに「武」は一瞬怯んだが、それでも打たせまいと右腕の外側の刃を突き出し阻止に入った。

「雷はな、速さも売りだろう。避けてみろ。喰らえぇぇぇ」

「武」の阻止のタイミングは良かったが、単調の直線の動きになっていた。それが仇となり、雲水の雷光弾の照準は迷いなく迫りくる「武」にぴったりと合っていた。まるで「武」がその雷光弾に引き寄せられるような状態だった。後は雲水の思い通りそのまま「武」に直径50㎝ぐらいの大きさの雷球を放った。

「グギャァァァァー」

雲水は放った反動で後ろに退き「武」に雷球が直撃した。曇った獣の叫び声と共に空高く飛んだ。「武」は雷光弾の威力に押されて山道から外れ投げ出され斜面に激突した。雲水はその後生け捕るため「武」の飛んだ方向に向かった。

「死んだか…。ちとやりすぎた。おっ、まだ生きている」

「武」が意識を失いかけてはいるものの、息をしているところを雲水は発見した。

「おい、息はあるな。聞きたいことがある…意識を失いかけているか…」

雲水は横たわる「武」の上に乗り首に鉤爪を突き付けて、ガスマスクを剥ごうとしても服と一体化していて用意には外せなかった。雲水は腰に着けていたポシェットから捕縛用のトラップネットを取り出した。

「ネットを使うか。動きを封じる力はあるが、原動力は瘴気。行動を抑えこめても瘴気でやられてしまうかもしれない。リスクは大きいが…コイツらなら」

取り出したトラップネットは四角の箱に入っていて箱の上にボタンがある。そのボタンを押すと展開する。雲水はボタンを押し空中に投げるとネットが「武」の身体を覆うぐらいに広がり、斜面に持たれて横になっている「武」の真上で展開したネットは覆った。「武」はそのネットに覆われてから気絶した。雲水のゴーグルからも戦闘不能レベルまで熱源が小さくなって弱っていることを知らせていた。そのまま雲水はネットごと「武」を近くの大きな木にワイヤーで縛りつけた。

「生け捕りはこれでいいか。次は若だ、急がなければ。コイツは若の救出の後だ。ゴーグルでは…よし、まだ大丈夫だ。間に合う」

雲水はネットの中にいる「武」を見て、未だ動きそうにもないことを確認し、すぐに正宗の方へと向かった。雲水が離れた後に「武」は意識を取り戻したが、身体の自由を奪われていることを知りワイヤーの縛りとネットの瘴気で為す術をなくしていた。

―山小屋からは遠く離れた帰路の山道―

正宗は雲水の指示通り一人で里のある方角を目指し走っていた。しかし、それもまた時間の問題ということもわかっていた。正宗のガントレットも後方から一つの熱源が迫っていることを知らせている。その距離は近く、後ろを振り向けば姿を目視できる距離になっていた。だが、正宗は後ろを振り向かず走った。最優先は無事山道を抜け、伊賀の里に戻るということ。そのためには増援の霧雨が来るまで何としても逃げる。正宗は呼吸も激しく乱れる中、とうとう体力切れとなり足がもつれ倒れてしまう。

正宗は身体を起こして体勢を整えつつ辺りを見回す。視界に入る前方には誰もいなかった。すぐさま後ろを振り返ると左肩には「闘」の字が見えた。「闘」はジェットパックで空中を浮遊しながら追いかけていたが、左足から火花が飛んでいたのが正宗の目にも入った。正宗は逃げ切ることは無理と考え走るのは止めて立ち留まった。

「おい、ちょっと待ってくれ。俺はこの通り武器は持っていない」

両手を上げ丸腰をアピールしながら、正宗は近寄る「闘」を受け入れるように話しかける。自ら話しかけてくるその正宗の行動が「闘」には理解できなかった。

「持ッテイナイ？　ソノ左腕ノソレハガントレットダロ？　腰ノ後ロニアルモノハナンダ？　小太刀ダロウガ。追ッテイル時ニ見エテイル。近寄ッタラ抜クノカ？　素人ダナ」

「案外、マスク越しでも目は利くんだな。それにガントレットを知っているのか？」

「ヤハリナ、ガントレットダッタカ…貰ウゾ」

「ちっ、カマか…ということは、こっちの調べはついているか…ガントレット狙い…なら俺を殺して奪え。だがな、同時にコイツはパーだぜ。それでも殺すか？　もう一度言うぜ、この俺が死んだら壊れる。それでも殺すか？　お前が欲しいのは…このガントレットの…中身だろ？」

「オ前、ガントレットニソンナ機能ハナイ。中身ナド後デドウトデモスル。デハ、オ前ノ言ッテイルコトヲ今カラ確カメテヤロウ。身ヲ持ッテ悔イロッ」

「闘」の言う通りだった。正宗はブラフを仕掛けていた。ガントレットに所持者が死んだと同時に壊れるということはない。あくまで忍士のサポートツール。ただし、壊れはしないが中の情報を開示するには本人の生体パスコードとリンクしなければ容易に中は見られない。さらに所持者の意図がない限り、所持者の手元から離れたら中身の情報は基本的にロックが掛かる。しかし、それは「闘」も知っている。だから

「闘」はなるべく生かして情報を手に入れたいという考えがあり、正宗も読めていた。

「最初からガントレットも知ってるんじゃないか。じゃあ、そんな勇気があるか試してみろよ。その代わり忠告はしたからな。お前もそれなりの覚悟を決めろよ、この俺を簡単に殺れるとでも思うな」

　正宗はさらに「闘」を煽る。

「オ前ヲ殺シテ確カメル。オ前程度ノ抗力デ、コノ俺ヲ殺レルカ」

「闘」は正宗の発言を信じてはいないが、数ミリの可能性の確率も頭に過っていた。強気のように見える「闘」の裏にある躊躇いを正宗は見逃してはいなかった。

「お前、抗力を測れるのか…抗力もバレているか。でも…本当に殺れるか？　来いよ」

まだ正宗は挑発したが、その挑発が「闘」には躊躇いを断ち切る決断となり、躊躇いは振り払われ、攻撃態勢に入りにやりと笑う。正宗の背中は汗が流れていた。

「仕留メル前ニ、一ツ聞キタイ。アノ山小屋ニ入ッタノダロウ？　何ヲシタ？」

　正宗はもう攻撃されると思ったが、まだ質問をしてくる「闘」の姿勢に、まだ覚悟の隙がある可能性を勘ぐった。

「山小屋？　そんなものあったか…？　それにな、抗力の存在を知っているお前たちの言葉に答えるかよ。少なくとも限りなく黒に近いグレーだろ。つまり敵とみなすのが利口。それにそのマスク…あれか、瘴気対策か？　ここいらは瘴気がある。動きいいよな。苦しまずに追ってきているのだからな。それに瘴気が入り込めないようにできているプロテクターなのか…その装備は。少なくとも瘴気の存在も理解しているとみていい。そうなりゃ、やっぱもう真っ黒ってことだな？　お前たちこそ一体何者だ」

「ソノ警戒デ…ナルホドナ。知リタカッタ情報ガ少シ読メタ。村雨ダナ」

「なぜその名を…。村雨教授を知っている…。なら益々信用に値しない。敵だ」

正宗は強く相手を睨んだ。腰の後ろに携帯している小太刀の柄に左手を置いて構えたが、今の正宗ではこの状況を変えるだけの力はない。「闘」はそんな正宗の姿を見抜いていたかのように火花を散らす左足を引きずりながら少しずつにじり寄っている。ジェットパックを使われたら一気に距離は詰められる。その事も予測し「闘」が寄ってくるだけ正宗も後ずさりし、応援までの時間稼ぎを最大に心がけていたが、それももう後がないことを悟っていた。

「村雨ハドコマデモ喰エン男ダ。伊賀トモ、オ前タチトモ深イ繋ガリカ…」

「闘」はもう前傾姿勢から攻撃態勢の姿を露骨に見せて威圧をかけていた。

「我慢の痺れが切れたな…おい、火花が出ているその足でやれるのか？」

「時間稼ギハ終ワリダ。増援待チダッタカ…。違ウ者ガ一ツ。モウ捉エテイル。コッチヲ目指シテイル動キダ。面倒ナコトニナッテキタナ…」

「闘」が言う情報は正宗のガントレットにはまだなかった。

「…本当か。それは吉報だ。わざわざ教えてくれてありがとう、霧雨だな。霧雨が来たら2対1、いや、雲水が来て3対1になるぞ。それとももう一人がこっちに来て2対2になるか…。いや、それはないな、雲水がお前らごときに殺られるか」

「モウココニ留マル理由モナイ。ガントレットヲ置イテイケ。サモナクバ、オ前ハココデ死ヌノダ。力無キ悲シキ者ヨ」

「闘」の殺気が赤レンズの奥から伝わる。それを正宗は肌でひしひしと感じ汗が額をかすめる。その様子をまた「闘」はマスク越しの赤いレンズから光らせていた。正宗はもう逃避するため後方に振り向き足に力を入れ、逃げるための一歩を踏み切った。

「闘」はその正宗の動きがスローに見えていた。その非力な踏み込みは愚か背を向けて走る正宗に哀れみながら、容赦なくジェットパックを使い前のめりで飛行して、正宗の背後に迫った。しかし、正宗はもう後ろを振り向いて「闘」の場所を確認するのではなく、あくまで前を向き一心に駆けることに集中した。しかし、そんな付け焼刃みたいなことは「闘」には全く通じることもなく、「闘」は正宗の真後ろまで迫った。

「闘」が背後から正宗を捕まえようと手を伸ばした。

…左へ、右へ。

急に正宗の頭の中で次に取るべき行動の指示の声が聞こえた。正宗はその声に戸惑いながらもその通りに正宗は回避行動を取った。「闘」は後一歩のところで正宗を捕まえようとした右手は空を摑んだ。さらに逃がすまいとまた、「闘」はもう一つの手で正宗を摑もうとする。またまた正宗は間一髪で避けて捕まらない。

「クソッ…捕マエラレナイ。後ロニ目ガアルノカ…行動ヲ読マレテイルヨウダ…」

正宗ものらりくらりとギリギリのところで避ける。その行動を警戒した「闘」は、ジェットパックの出力を上げて正宗の前に躍り出た。

「コウナレバ一瞬デ終ワラセテヤル。コレナラドウダ…忍術火炎龍」

「闘」はジェットパックの出力を上げ正宗を飛び越し、正宗の目の前に躍り出た。

「何っ忍術？　それ…禁忌の術…じゃないのか…って、これはヤバい。うっ、また…」

…そのまま真っ直ぐ、今っ、左に思い切って飛ぶ、そのあとは全力で疾走。

頭の中でまた声が発し、その声通りに真っ正面にいる「闘」に向かって進み、言葉通りのタイミングで左に飛んだ。そして「闘」の放った火炎龍の火柱は大きな渦となって天を焦がす、少し着ていた戦闘装束に火の粉が飛んだが、「闘」ごと横から追い越して走り抜けながら降りかかった火の粉を振り払う。

…そのまま走り抜けて、そして、今よ、スピードを落とす。

正宗の頭の中で聞こえた声が「闘」の次の行動の回避対策になっていた。無我夢中で指示通りに動き正宗はスピードを殺し止まった。正宗は昔から何となく勘で先を読む力があったが、ここまで的確に予見し的中させ難を逃れた自分の力に正宗自身信じられずにいた。半身半疑の中次の指示まで真っ直ぐ走っていると異変が起きた。

「うぁぁぁぁ」

正宗の右目に激痛が走り堪らず声を上げ、その場で両膝に力が入らなくなり体勢が崩れ、崩れた身体を両手で抵抗するように支えて踏ん張る。「闘」も前方でこけて立つのに足掻くその状態を好機と考え、慌てることなく正宗に近寄っていった。

「ククク。ヨクワカラナイガ、力ヲ使イ過ギタナ。デハ、ガントレットヲ頂ク。最初カラ大人シクスレバ良カッタモノ…任務ハ完了。シカシ、サッキノ雷デコッチモマトモジャナイ。アイツハ自力デ戻レルダロウ…コッチガ最優先。ウン?、アイツ、動イテイナイ…ヤラレタ?　ソレナラレーダーカラ熱源ガ消エルハズ…熱源ノ大キサハ小サイガ…マダアル。代ワリニ銀髪ガコッチニ。コレハ不利だ。チッ」

「闘」は、身体を伏せて顔を押さえもがいている正宗の横っ腹に蹴りを喰らわせて大人しくさせた。そして、力なく抵抗しようとしている正宗の顔面にまたもう一発殴り、さらにもう一発と…。最後は首を摑んで正宗を持ち上げて、さらに腹に一発、また一発と…。正宗も力なく「闘」に持ち上げられたまま意識が薄れ始めていた。目だけを何とか開けていると「闘」の顔が自分の目の前にあって覗き込まれていた。その近くで覗き込む「闘」のマスクだけでも剝がそうと手を伸ばす。「闘」はその伸びてくる右手を簡単に払い叩き、正宗の左手に着いているガントレットを強引に剝ぐため「闘」は正宗のガントレットに手をかけた。

「…くっ…なら、…その…汚ねぇ手…すぐ退けたほうがいい。…お前…なっちゃいないからな…。へへっ…」

か細い声で、この期に及んでまだ正宗は「闘」を挑発していた。

「何ガオカシイ。コノ死ニカケガ。所詮全部ハッタリダロウ。何ガ爆発ダ。ホレッ、オ前ノガントレット頂イタゾ。コレデ、オ前ハ用無シダ。忍術士…」

「闘」は強引に正宗の腕からガントレットを剝ぎ取って離れようとした際、忍術で正宗を始末しようとした後一歩のところで、「闘」は不意の横からの攻撃を受け吹っ飛ばされた。吹っ飛んだと同時に正宗から取り上げたガントレットも「闘」は手放してしまって、ガントレットは空中に高々と放り出されたが、すぐに空中でキャッチする者が現れた。ガントレットをキャッチした後はすぐに倒れている正宗の横に寄った。

「若っ、遅くなりましたっ。これは若のガントレットですよね」

　現れたのは霧雨だった。すぐ正宗にガントレットを渡した。霧雨は正宗の負傷した姿を見て怒りが混じっていた。

「だから言ったろ…近いってことは…こっちにはマーカーがある。瞬天で霧雨は飛んでくる。だから、…なっちゃいねぇーんだよ、機械仕掛けのバカヤローが…痛てぇな。霧雨、ありがとう、痛てて…とんだクソ親父の命令だ。痛い目に遭った…」

「若、すみません。もう大丈夫です。雲水さんももうすぐこっちに向かっています。その前に若をこんな目に遭わせたのだから俺がキッチリ教えてやりますよ」

　霧雨は正宗の安否の確認後、吹っ飛ばされて横わたっている「闘」のところを目掛けて術技を仕掛けた。

「術技雷光弾」

　横になっている「闘」に容赦なく上半身ぐらいの大きさの雷球を放った。「闘」は身体を起こして何とか迫る雷球は回避したが、霧雨は攻撃の手を緩めなかった。

「術技雷刃」

　霧雨の両腕はトンファー一体型の籠手を身に着けていて、その袖からトンファーがすでに抜刀され、トンファーの全体が雷を帯びた刃となっていた。一瞬で霧雨は

「闘」との間合いをなくしトンファーを振り下ろせば届くところまで詰め寄っていた。

「機械なら雷だろ。聞く事がある。命までは取らん。機械の足一本は貰うがな」

「優シイナ。足一本？　俺ニ関ワルナラ命ゴト来イ。忍術土龍牙」

「禁忌の忍術だと？　ちっ、足元に仕込み…。さっきの回避の時か。しまった、若ぁ」

霧雨の足元に仕込みのような札があった。その札が小さな起爆をし、霧雨の足元の地面が無数の土の尖った岩の弾丸となりマシンガンのように霧雨の足元を襲う。霧雨はその無数の弾丸をかわそうとバックステップで瞬時に「闘」から離れた。

「馬鹿メ。タダタダ追ッテイタダケデハナイワ。狙イハオマエデハナイ。ソコノ場違イノ弱キ者ヨ。サッキオマエノ腕ニフレテ正解ダッタ。仕込ミニ気ガツイテイナイ、マヌケメッ。始末シテ、ガントレットヲ貰ウゾ。連忍術土龍…」

霧雨が後退回避することも読み、「闘」は二連続目の土龍牙を放つが、その寸前で阻止された。一閃の光共に背後から雲水が術技雷刃で「闘」の右腕を斬り落として「闘」の目の前に現れた。

「グヌヌ…何ッ、俺ノ腕ガ…。一瞬デ現レタ…サッキ小僧ヲ助ケタヤツカ。ソノ術技…。一人増エタ。コウナレバ、モウココヲ離脱スルコトモ今ノ状況ハ不可能ダロウ。不利過ギル…ソシテ…ソウカ、モウ…アイツモ…。コレモ運命カ…セメテ…」

「観念しろ。もう一人も捕獲した」

霧雨も回避後、雲水の方に向かい「闘」の背後に立ち回っていた。

「雲水さん、助かりました。じゃコイツも捕縛で…」

「下がれ、霧雨。若もこっちに来ては駄目です。早くコイツから離れて…。ヤバイ」

「勘ガイイナ…ダガ、遅イ。道連レダァァァ」

「闘」は雲水と霧雨を巻き込むためその場で自爆した。その爆発に飲まれまいと雲水と霧雨はその場を離れ、雲水はその際に正宗の保護も同時にして爆風から身を守った。ただし、その爆発の威力は大きく、三人はその爆風の圧でそこらの木々に身体を叩きつけられた。

「くっ、若、大丈夫ですか？　霧雨はどうだ？」

三人とも何とか叩きつけられた身体を起こし、命の安否の確認を取り合った。

「済まない。身体は…大丈夫…うっ、まだ痛む…。かすんでいる」

「若、大丈夫ですか？　さっきの爆風で…？」

「いや、爆風とは違う。その前から目が…目が痛む…」

雲水と霧雨はその正宗の発言で心当たりがあるような顔で見合わせていた。

「…雲水と霧雨は大丈夫か？」

二人は首を縦に振り正宗に無事ということを伝えた。

「少し休みましょう。他の熱源もない。左肩に「武」と書いた者は捕縛しました。若が去ったあの場所近くの木に縛っています。ネットを使ったので動けないでしょう」

「わかった。いや、まだ動ける。そこにまずは行こう。一人でも捕まえたなら…」

「では、行きますか。若、雲水さん」

「霧雨が仕切るとはな…若、霧雨の言う通り行きますか」

「雲水さん、ただ俺はスムーズに事を運べるようにしたいだけですよ。勘弁してくださいよ、そんな言い方。まるで雲水さんより実力があるみたいになるじゃないですか。まぁそうかもしれませんけど。リーダーは雲水さんですよ。ねぇ、若？」

「…雲水、行こう」

「はい。霧雨、若を支えろ」

「ハイハイ。もちろんですとも。若、私の肩に。あー雲水さん、待ってくださいよ」

こうして、雲水の誘導のもと「武」の所に戻ってみたもののもう姿はなかった。

「闘」と同じく自爆していた。ネットで押さえ込んでいた「武」の姿は跡かたもなく消えて、さらにワイヤーもネットもボロボロになっていた。残っていたのは「武」と書かれた肩当てが割れて飛び散り、残骸だけが残っていた。

その後は追撃されることもなく伊賀に戻り、正晴に襲ってきた謎の者たちの報告をし、山小屋で手に入れた情報が入ったガントレットを正晴に渡した。その後、正晴は伊賀の機工技室にいる源内にそのガントレットの解析を進めさせた。また、正晴はすぐに徳川にも今回の出来事を報告していた。

正宗もまた情報を手にして戻ったその日一日中、目の重さと傷みを伴っていたが、その痛みも一晩が過ぎれば和らいでいた。そんな自身の身体で起こっている事を雲水に話し、雲水もまた聞かされた直後に正晴に報告すると「そうか…」と、一言で片づけ、なぜか正晴は少し笑みを零した姿を雲水の前だけには晒していた。

貳章　源　内

―伊賀の里　機工技室―

正宗たちが先日の山小屋から持ち帰った情報の解析が終わったことで、伊賀の忍士たちは機工技室、里内では通称研究室と呼んでいる部屋に集まることになった。正宗も自ら持ち帰った情報の結果報告が気になり、その部屋に向かった。

入ると机があり、その上には資料の山や研究中とされる正宗にはわからない機材が多くあった。部屋の広さも十人ぐらいなら入れる広さで少し埃っぽく湿っぽかった。

正宗と年齢が変わらない、細身のボサボサ頭を掻きながら作務衣の上から白衣を羽織った男が、目の前の画面でメガネのレンズを喜ばせていた。

「久しぶり、源内。少し二人で話したかったから時間前に来たよ」

「そうですか、お久しぶりです。こうして会って話すのはもう5年ぶりですね。最後は学業のため里を出られた日以来ですね。定期的に連絡していたので特に驚かないですが、会うと少し照れくささはありますね。若はここに戻られてからすぐ任務に。ご苦労様でした。身体の方は大丈夫ですか？　新手に襲われたと聞いています…」

「途中で雲水と霧雨が来てくれた。まだ目が痛むが…それぐらいだ」

「そうですか…私も半蔵様から聞き心配と驚きでした。今回の任務は若の単独メイン任務だったと…里嫌いの若がこうしてまた帰ってきた…。何となく察しますけど」

寝不足な様子と目の下にクマが大きくできた顔が、ハードな日々を物語っていた。

眠そうな目を擦り煙草に火を点けながら正宗を迎えていた。

「源内、若はよしてくれ。雲水も霧雨も若だ。ここに来てもまた若だ」

この里にいる以上は正宗の事を若と呼び、そう呼ばれるのを正宗はひどく嫌がっていた。

「正宗様を若と呼ぶのは筋でしょう。若様とは呼んでいないのが我々の最大の親しみと敬意です。気になさらずに」

「俺と源内は歳もそう変わらない。俺は源内を友達と思っている。もう服部半蔵や忍士なんかがあるから俺も若と呼ばれる。半蔵の後釜みたいに…終わらせてやる」

「ただ、今後も忍士の力は必要です。そして、若が望むような未来が来るように私もまた微力ながら支えていきます。私も終わらせたいと望む一人です」

「そうだな、これからも頼む…源内。それよりもその目の下のクマが物語っているな。どうやら持ち帰ったガントレットの中身を開けるのに苦労したのがわかる…村雨教授は俺たちを、伊賀を試しているだろうな」

「伊賀の解析装置をフルに使いました。おかげで3日は寝ていません」

「この伊賀の技術力を最大限に行使できるのは源内とクソ親父ぐらいだからな。源内の力は相変わらずすごいな。この里に来た時から村雨教授の秘蔵っ子としてきた源内の妙技だろう。一体村雨教授は何をしているのか…」

「村雨教授のことは皆さんが来てからですね。若、雲水さんからも様子は少し聞いていましたが、実際学生生活はどうですか？」

「この5年、里から離れて過ごした時間は実に有意義だった。こんな俺でも友達もできた。高校の友達は卒業とともに離れてしまった。深い付き合いにはならなかったけど、皆は俺に優しかった。良い思い出しかない。源内の助言も後押しになって、もっとこの世界のことを見聞するためにさらに今大学に進んだ。源内の言う通り俺にはまだ知らなければいけないことが多い。大学に進学したのも正しい判断だったと思う。やはり源内は俺にとって良い理解者だ。ありがとう」

「いいえ、私は何もしていないです。全部それは若の努力の賜物ですよ。その若が優しいから皆が優しく、皆を思う強さが若の中で正義心として育まれ頼りにされる。それが若の魅力ですよ。でも、正義の欲に溺れると、自分も他人も守るはずが傷つけていることになっていく。正しいものなんて一律ではなく人それぞれですからね」

「そうだな、正しさか…肝に銘じておくよ」

「懐かしいです、5年前が。若が自分の意見を貫いた時でもありましたね。この里で育った人は15歳になれば忍士の認め試験を受ける習わしがある。その認め試験で見事合格し、合格したことで半蔵様から里を出るお許しを勝ち得た。まさかあっさり半蔵様もお許しになられたことは当時驚きましたね」

「俺もあっさり条件を飲んだクソ親父に驚いた。あの親父のことだ何か考えはあったのだろうがな。俺は晴れてここを出られた。あっという間だったな、5年間か…。源内は、元は外、外界の徳川からこっちに、俺は伊賀を出て外界に。瘴気の存在も外界では感じない。全くないということではなかったけど。でも、富士の樹海のように四六時中瘴気の中の生活ではない。それは俺に初めての経験だった」

懐かしそうに過去を振り返る正宗の顔は幼くも充実した表情で惜しんでいた。そんな顔を見ていた源内も少しほっとしていた。

「そうですか。私が言うのも変なのかもしれませんが、私の言葉が若のお役に立てたことは良かったです。現在までの大学生活はどうです？　親しくなった人とかは？」

「親しくとかはないが確か名はサクヤ、カサマサクヤという女性なんだ。詳しくはわからないけど、大学に入ってすぐかな…講義を何回か受けているとその講義の時によく俺の横に座るんだよ。それで顔見知りになったぐらいかな。大学は高校と違い交友関係もなかなか定まらないから俺はいつも一人が多い。でもサクヤは、決まってその講義でしか会わないんだ。だから、普段は特別時間を作って会うとかはない。大学で唯一プライベートらしい話や他愛のない会話をできる人かな。もちろん、俺がこんなとこの生まれの人間ってことは話していない」

「その情報は初耳ですね、カサマサクヤ…」

「初めて話した。こっちへの学生生活の定期連絡でわざわざ言う必要ないだろ。あのクソ親父の命令だから仕方無しで…未だ伊賀の監視の中か。玄斎、サクヤが何か…？」

「いえ…。ただ少し気にはなります。考え過ぎですが…なぜ若に寄ってくるのか…」

「たまたまだろ。俺もそう深入りはしないようにしている。それに言ったろ。特別に会うとか、もちろん、ここの話もしていない」

「今後、くれぐれも気をつけて下さい。用心に越したことはないです」

妙に真剣な顔をしている源内に違和感を覚えながら、正宗は源内を宥めた。

「わかっている。どうやら今回の件で、もう大学生活の日常には戻れなさそうな気もする。だが、それもこれもこの俺が終わらせてやる。俺は忍士のいない普通の生活を送るため、忍士服部正宗ではなく、ただの服部正宗として生きるために必ず。外界に出てよくわかった。悲しいがこんな一族は滅んだほうが未来のためには良い」

正宗の顔もまた真剣そのものの志を貫く顔を表していた。

「服部一族を滅ぼす…と」

「服部だけじゃない。忍士そのものも滅ぼす。こんな一族があるから未だ危険なことばかり起きる。それになぜ俺たちは未だ影で生きなければならない。高校に入った時もそうだ。俺の経歴を書きかえられていた。どうせクソ親父がやったことだろう…。そういうことだろう。忍士と名乗っている以上、闇を抱え、闇を広げ続ける」

「しかし、その現実を学生生活内では受け止めたのもまた若でしょう。別に私は若を責めているつもりはありません。しかし、若が忌み嫌う服部の存在とは、忍士ではない者たちのただある日常を守るために、そんな世界を守るために服部、いや、忍士は存在しているのでは…」

「そうかも…そうかもしれない。周りの学生も物騒な話などしない。明日にはデートやバイトがあるとか会社を立ち上げるとか…。みんなそれなりに人として生きている。

しかしな、もう忍者みたいなのは要らないだろ、とっくの昔から。それでもまだ忍士と形を変え存在している。もう２０４５年だぞ。第二次大戦後１００年を迎える節目の時でも未だ存在している。この服部の血…能力…技術力…到底フィクション染みた理解できない力があるから狙われ続け、争いの因果を生む。俺たちは伊賀だから、服部だから、抗力を知る忍士だからだろ。だから機械仕掛けも狙ってきた」

「機械仕掛けの正体、目的はわかりません。正晴様も徳川の方には報告されています。少なからず時間を要すればわかるでしょう。でも、その力が他者に利用されることなく、未だこの伊賀は守り続けられている。若たちの力は決して他に渡せないものです。他に渡してしまえば伊賀どころでは…。だから、正晴様もこれまでを守られていらっしゃったことだと…。若、今はいろいろなことが起きて気が立っているのです」

「そうだな、いや、すまない。今、源内に言ったところでどうにもならないのにな。この伊賀の周りで何かよからぬことが起きている…」

二人の間の空気が少し重くなり、無言の静寂が辺りを埋める。その静寂も長くはなかった。部屋に立ちこめる無言の静寂の中、身軽そうなスポーツウェアを着た者が慌ただしく飛び込んできた。

「あっ、若様ですよね。とうとう？　ようやく？　なんでもいいや、やっと若様とお会いできました。はじめまして。わぁー色白、鼻筋も通って眉毛もしっかり。かなりの男前だ。どっかで見覚えが…うーん、あっ、なるほど正晴様だ、正晴様によく似ている。だから格好いいんだ。それに身長はボクよりもずっと高い。ざっと身長180近くはありますね。それにがっちりしていますね。モテるでしょうね。鍛えているんですか?」

その者は部屋に入ってくるなり、馴れ馴れしく正宗の身体を触り話しかけてきた。

「俺は180ない。178って…おい、気安く触るな。源内、コイツ誰だ?」

「よさないか、馬鹿者」

「馬鹿者はないですよ、源内様。ちゃんと名はあります。ボクは佐助と言います。ピッチピチの17歳の女子ですよ。身長は160ぐらいで、スリーサイズは…秘密。巷では高校生ですね。2年前にここに来ました。若様、以後お見知りおきを。聞いていた以上に凛々しいですね。あっ皆、若様の活躍をあまり話してくれないんです。術技は何を使えるのですか? ボクはまだ忍士になっていません。是非今後若様の教えも乞いたいです」

佐助は元気だけでこの場を押し切った。その佐助の無邪気さによってこの部屋に流れていた空気が少し変わった。それによってまた変なぎこちなさも生まれた。

「馴れ馴れしいな。俺は生憎術技が使えねぇんだよ。嫌味か、コイツは。俺が使えない事をからかっているのか？　それに活躍？　そんなバカみたいな武勇伝はない」

佐助は完全に正宗の地雷を踏んだ。源内も頭を抱えてすぐ佐助に言い聞かせた。

「わかるな、佐助。いつも言っているだろう。人の中にズケズケと飛び込むのではない。時として良い時もあるが、その行為を誤れば誤解を生み、逆効果になると言っただろう。今回は初対面、それに若だぞ。若、すみません。どうもこの佐助、悪気はないのですが、度が過ぎると裏目に出るタイプで…。後できっちり言い聞かせておきます」

源内は佐助の顔を見て目で合図を送り、佐助に頭を下げさせた。

「源内も、その、露骨に俺を特別視した言い方はするな。変な誤解しか生まない」

「ほら、源内さんも怒られた。そうですよね。源内さんも堅いところがあってね…」

「お前が言うな。佐助」

佐助はすぐ源内に反論した。その二人の様子を見て正宗はため息を零す。そんな折にまた二人部屋に入ってきた。

「源内、遅くなった。おー若、この前はどうも。あっ、コイツわかりますか？」

一人は霧雨。そして、もう一人は霧雨の身体からはみ出ながら後ろで立っていた。

「この前は助かった、霧雨、ありがとう。霧雨の後ろにいるのは羅刹丸《らせつまる》だな。また一段と身体が大きくなっていないか？」

「お久しぶりですぅ。やっぱぁ若ぁですねぇ、僕ぅのこと忘れるぅわけぇないですねぇ。任務でやっと会えましたぁ。あっ会ってそうそうですけどぉ、僕もぉこれでもぉ少し動きやすい身体になったんだけどなぁ」

「何を言っている。俺より低く確か１７５㎝ぐらいの身長で。それで俺の後ろに立っても隠せないぐらいのその横の広がり。どう見たって動けないだろ。完全に一目でパワー型ってヤツが丸出しの身体だろ」

「いやぁ、だからぁ、霧雨さぁん、このぉ身体を支えるだけのぉ身体作りはしてますよぉ。それをぉ霧雨さぁんはわかってくれているとぉ思っていたけどなぁ」

「何言っている。俺は１８０㎝。数㎝の差しかない。なんか俺の方が小さく見えるような…羅刹丸、体重は？　これでも俺は80㎏ぐらいあるがな…」

「ひゃく…うにょうにょ、だよぉ」

羅刹丸は困った顔して額の汗を拭きながら答えた。

「えっ、なんて？　１００超えているのは見たらわかる。なんだよ、うにょうにょって、もういい、少しは身体を絞れよ、羅刹丸。ねぇ、キリキリ」

すかさず佐助が会話に割り込んで霧雨は佐助の言葉に深く頷いた。

「うーん、佐助ぇまでぇ言わなくてもぉ。少しご飯減らすよぉ」

その困った羅刹丸の困り顔を見て正宗も笑った。佐助も特有の性格からすぐに正宗の懐に入ったようで、もうすでに馴染んでいた。

「みんな元気そうでよかった。霧雨、雲水は？」

「若、雲水さんは任務でいないのですがもう終わるかと…。この前の事もあったから辺りの警戒もさらに強めて見て回っています。あと玄斎さんが…」

霧雨が話している横から源内が無理やり割って入ってきた。

「玄斎さんもここで。今回は半蔵様から今いる伊賀の忍士全員に話すように仰せつかっています。あとは玄斎さんと雲水さんだけですけどね。昔はまだ他に…」

源内は言いかけたがすぐに口を閉じた。また少し変な空気のタイミングで、作務衣の上から白衣を着た者が部屋に入ってきた。その容姿で正宗はすぐにわかった。

「遅くなりました。医務室の仕事に少し追われ…。お久しぶりです、若様。身体の方はいかがですか？　任務の後です。どこか痛みなどありますか？」

「任務後、玄斎が手当てしてくれたおかげで少し痛むが大事には至っていない。今のところは大丈夫。ありがとう。それと、若様はよしてくれ」

「些細な異変でも構いません。その時にはすぐに。若様の呼び名はけじめですので、そこはお許しを。それにしても段々半蔵様に似てこられた。若様もう20歳ですね…。時間が過ぎるのは早い。若様が生まれてきたのがこの前のようです。若様がいない間もこの里はまた変わろうとしています。それが先日の出来事にも繋がっているやも…半蔵様から機械仕掛けと交戦したと…」

感慨深そうに正宗の顔を見ながら玄斎は言葉にしていた。

「あぁ、玄斎から教わった剣術を出すことすらできなかった。それに雲水と霧雨があの時来てくれなかったら…。どうやら今回の件で不穏な話になってきた」

「稽古はどんなときも必ず続ける必要があります。それが実践で宿る力になりますが、平時は使わないに越したことはないです。刀を抜くということは必ず誰かが傷つくということです。しかし、今回は若の剣術とかそんなことをも上回る事態だったことを半蔵様から聞き及んでいます。あっそうそう、その雲水殿ですが…先ほど連絡があり、もう間もなく…っと。いや、来ましたね、雲水殿」

玄斎が話している中で、正宗から少し離れた後ろで雲水は部屋の隅に現れていた。

「本当だ、雲水様だ。瞬天ですねー。ボクにも早く教えてくださいよ、瞬天を」

呆れて雲水は佐助をあしらった。正宗は、この初めて見る佐助の誰にでも話せる人懐っこさが羨ましくさえ思えてきていた。

「佐助、雲水さんだぞ。お前だけだ。雲水さんにそんな言葉使えるのは。なぁ、羅刹丸だってそんな言葉使いしないぞ。羅刹丸、ちゃんと監督できているのか？」

「ほらぁ、霧雨さんにもぉ僕が疑われているよぉ。そんなだからぁ、佐助はぁお館様からぁ忍士の認め試験の許可を得られないいんだぞぉ」

「うるさいな、羅刹丸には言われたくない。ボクの才能はお館様にはわかってもらっている。もうすぐだ。お館様に頼んで認め試験を受けるんだ」

「全ての善し悪しは半蔵様が決める事だ。佐助が頼んでどうこうできるものでない。お前たちももうそのへんにしとけ。雲水殿、任務ご苦労様です」

「そうだ。二人とも。任務の方はご苦労様。雲水、先日は助かった。ありがとう」

玄斎は霧雨と羅刹丸と佐助のやりとりに割って入った。その玄斎の言葉につられて正宗もまた雲水に対して労いの言葉をかけた。

「いえ、私ももう少し早く着いていれば若を…。危険な目に晒してしまいました」

「いいんだ。雲水と霧雨がいてくれたから助かった。せっかくの玄斎仕込みの剣術もいざとなれば使えなかった。俺の実力不足だ」

「若に術技が…あっ、若には戦闘センスがあります。それは我々に負けていません」

霧雨のフォローの言葉が、かえってまた正宗の心を寂しくさせた。

「あーキリキリぃ。フォローになってないよ。ほらっ、若様を困らせて」

「おい、佐助、さっきはスルーしたけど、誰がキリキリだ。霧雨さんだろ、若や雲水さんの手前もある。ちゃんとしろ。若、すみません。それに俺は本当の事を言っ…」

「いや、いいんだ。実際力不足だから。未だ正影兄さんには遠く及ばないと思う。それでいいんだ。俺は戦うということから…」

険しい顔で雲水が正宗に言葉をかけた。

「何を言っておられる、若。次期半蔵の名は今や若です。確かに正影様がおられたら…。しかし、それでも、若、貴方こそが父正晴様と母桜華様の血を継いでいる。それに半蔵様は我々とは違う術技を使われていたが、桜華様も私たちには使えない何か変わった力をお使いになられていました。若もまた力が眠っているはず。だからこそあの時の機械仕掛けの攻撃を自らの力で何とか切り抜けられた。そう、自分を責めないで下さい。この伊賀の皆でお支えいたします」

雲水は日頃から忍士として感情を出さずにいる男で、そんな男がこの時は珍しく感情を表に出して皆の前で正宗を激励した。正宗も雲水の言葉を聞き、部屋にいる忍士たちを一望したら、部屋にいる忍士たちは優しい眼差しを向け正宗に応えていた。

「すまなかった。戦いの怖さを肌身で経験した。俺も玄斎直伝の剣術を改めて見直さなければならない。玄斎が称した護身一刀剣術の名に恥じない力を蓄えなければならない。これから機械仕掛けのような得体の知れない者の相手もしなければならない。かつてこの里にいた正影兄さんや村雨教授やそれ以外の他の者も探し、なぜ伊賀を去ったのかを知る必要だってある」

正宗は皆がいる前で強く決意した。伊賀の忍士たちも正宗に向けて深く頷いた。

「そうですね、若。では、そろそろ始めましょう。今回こそ皆さんをお呼びしたのは、もちろんこの事はお館様からの命令であり、皆さんも承知の上かと思います。只今、お館様は徳川の方へお出になられて、これから話す内容は私自身も直接関わっているので、お館様の代理としてお話しさせて頂きます」

正宗の言葉に続き、源内は改まって伊賀の忍士たちに向かって本題を話し始めた。

「経緯を簡単に話しますと、一週間前、半蔵様の命令により若がある山小屋に向かい、村雨教授から情報を受け取ること。その時機械仕掛けの者に襲われたが情報は死守。その情報を私がここ三日間で解析し、その報告のため集まって頂きました」

「あの若の任務に村雨教授が…。なぜ今ごろ…その山小屋とは…まさか…」

玄斎が源内の説明の後すぐに疑問を問い、源内は玄斎の顔を見て問いに答えた。

「えぇ、そうです。伊賀とも浅からぬ関係のある地。20年前の例の施設です…」

「20年前の出来事によって手にした第二の伊賀の研究所…。だが、少なくとも教授がこの里から姿を消すさらに10年前の話。もうすでに村雨教授が姿を消す10年前にはあそこの情報は伊賀に移していました。あの施設を今利用したくても設備が古くて価値はない。山小屋なんかに姿を変えてまだ今まであそこを教授は使っていたと…？」

「玄斎さんの言うようにあの施設は20年前の出来事で入手した場所。20年前から、村雨教授を中心として施設の総管理者としていました。しかし、今回若が赴き、あの場所は姿を変えて未だ地下に研究施設を残し使用していたようです。そこで若が情報を持ち帰った。ただし、施設そのものが今回の入手した情報の内容と直接の関わりはありません。それと襲ってきた正体不明の機械仕掛けの者たちですが、若のガントレットを執拗に狙っていたと…。機械仕掛けもまた村雨教授と何らかの繋がりがあると考えていいです。でなければ、あのような場所にまず現れることはない。それも今回のタイミングです。あそこは現行のガントレットを完成させた場所です」

忍士たちは自分が身につけているガントレットに目をやった。佐助だけはまだ忍士ではないから、皆が着けているガントレットを物欲しそうに見つめていた。

「ボクはまだ忍士じゃないからガントレットを持てない。若様やキリキリや羅刹丸は腕に着けている籠手で、雲水様は頭の上のゴーグルですよね。主には瘴気や抗力を測るものだけど、他に情報をインプットさせナビやデータの保存、ガントレット間なら共有も可能にするんですよね。ボクも忍士になって早く欲しいっ」

「だから、キリキリはないだろ。そんなこと言っているから忍士になれねぇんだよ」

「あーハイハイ、霧雨様。これでいいんだよね、キリキリ。源内様、それでこのガントレットが関わっているってどういうことですか？」

呆れて霧雨は言い返さなかったが、内心はどこか嬉しい感情も顔に出ていた。

「二人とも、もういい。わかった。源内、とにかく続けてくれ」

正宗が源内に話を続けるように促した。霧雨と佐助は互いの顔を見て子供が親に叱られたように大人しくなった。

「はい。このガントレットにはまだ拡張の余地があります。それは私も村雨教授がいた時から知っていました。ただ、その拡張の意図を知る前に村雨教授は去りました。当時から知らされていたのは、今後伊賀の未来を左右する時に使うものと…。村雨教授といっしょにいた時間も2、3年程度です。その後は独自でこの伊賀の技術を私なりに理解してきました。研究上で使えば使うほど、知れば知るほどわからないものがまた今も多々出てきます。それでもこの伊賀の更なる発展に繋げるためにもガントレットの研究がこれからも必要不可欠です。そのための情報が入っていると思っていましたが…違いました」

「その情報は…？　源内」

「はい、若。あの施設まで呼び出されて手にした情報は…次は帝天大学に…」

その名が出てきて正宗を含めて周りの忍士たちもすぐに反応した。源内の反応に正宗も正宗以外の忍士たちも驚きを見せ、互いの顔を見合わせた。

「俺が通っている大学じゃないか…」

「これもまた村雨教授らしいやり方。やはりと言ったところです」

「源内、やはりとはどういうことだ？　何か知っているのか？」

「いや、知っているということではなく、遠回しにされるのがなんとも村雨教授らしいアプローチかと。これから手にしようとしている情報はおそらく大きな意図があります。村雨教授は若が着けていたガントレットに時間と日時を指定してきました。その日時が今日から二日後の夕方です。それとまた若お一人で…」

「たったそれだけの情報のために俺も雲水も霧雨も危ない目に…。そして、次も俺一人…」

「二日後か…。もし源内様がこの情報の解析をその二日後までかかっていたら…」

佐助も驚いてつい声にして言葉が漏れた。忍士たちもまた時間の猶予の少なさに驚いた顔が零れていた。源内は皆が驚いている中、顔色を変えずに淡々と話した。

「私がもしこの情報の解析をその指定してきた日までに間に合わなかったら、おそらく今後はないでしょうね。ここまでです。そして今後の村雨教授は謎のまま。ただ村雨教授のことです。その前には何かのリスクを伴いながら情報は開かれたことでしょう。敢えて私を試してきたのがわかります。それが3日間だったということです」

「源内。ありがとう。次は本当に会えるのだろうか。もう他に情報はないか？」

「他の情報としては、行けば新型を渡すと…。新型がどんなものかはわかりません。今回の若のガントレットを解析した時に、拡張の可能性がすでに示されて開かれていました。それが今回の山小屋での成果。おそらく新型の受け入れるための下準備…」

「だから、あの山小屋の施設だから新型の受け入れの開放…源内、つまりは？」

「ガントレットの拡張の開放に、あの山小屋の施設を利用しなければならなかったと考えます。あそこの昔の機材が必要だったのでしょう。何と言ってもガントレットが誕生した地。そして、現在のガントレットと融合させ、さらに村雨教授はその若のガントレットを使い、新しいステージに向かっていると我々伊賀に言いたいのだと思います。ガントレット自体特殊なものだからこそ、生産した場所の技術を使うことで複

料金受取人払郵便

新宿局承認

7552

差出有効期間
2024年1月
31日まで
(切手不要)

郵便はがき

1 6 0-8 7 9 1

1 4 1

東京都新宿区新宿1－10－1

(株)文芸社

愛読者カード係 行

ふりがな お名前		明治 大正 昭和 平成　年生　歳
ふりがな ご住所	□□□-□□□□	性別 男・女
お電話 番号	(書籍ご注文の際に必要です)	ご職業
E-mail		

ご購読雑誌(複数可)	ご購読新聞 新聞

最近読んでおもしろかった本や今後、とりあげてほしいテーマをお教えください。

ご自分の研究成果や経験、お考え等を出版してみたいというお気持ちはありますか。

ある　ない　内容・テーマ(　)

現在完成した作品をお持ちですか。

ある　ない　ジャンル・原稿量(　)

書　名					
お買上 書　店	都道 府県	市区 郡	書店名		書店
			ご購入日	年　月　日	

本書をどこでお知りになりましたか?

1.書店店頭　2.知人にすすめられて　3.インターネット(サイト名　　　)

4.DMハガキ　5.広告、記事を見て(新聞、雑誌名　　　)

上の質問に関連して、ご購入の決め手となったのは?

1.タイトル　2.著者　3.内容　4.カバーデザイン　5.帯

その他ご自由にお書きください。

(　　　)

本書についてのご意見、ご感想をお聞かせください。

①内容について

②カバー、タイトル、帯について

弊社Webサイトからもご意見、ご感想をお寄せいただけます。

ご協力ありがとうございました。

※お寄せいただいたご意見、ご感想は新聞広告等で匿名にて使わせていただくことがあります。

※お客様の個人情報は、小社からの連絡のみに使用します。社外に提供することは一切ありません。

■書籍のご注文は、お近くの書店または、ブックサービス(0120-29-9625)、セブンネットショッピング(http://7net.omni7.jp/)にお申し込み下さい。

雑にして、他から情報を守り、新型と呼ばれる新たな技術をその拡張枠に入れる魂胆を、村雨教授はこの里から姿を消した時点で見据えていたのかもしれません。ただ、新型はその山小屋の技術よりもはるか上の技術であることでしょう。それが若の通う帝天大学にあり、その続きを行おうとしているのではと」

「なぜ、俺なんだ…？ それに大学は知っていたのか…。一度も村雨教授のことを大学で耳にしたことがない。俺はもう村雨教授の掌で転がされている…」

「私は、これからの伊賀の力を見定めているようでなりません。それほど未来がもっと違う方向に進むのでは…。また機械仕掛けの者たちも何か勘づき、村雨教授を独自で警戒しているはず。大学の指定理由は人が多い。そうなるとこっちもですが、姿を晒さなければなりません。機械仕掛けらもまたやりづらいはず。人目など気にしていなければとっくに我々にも機械仕掛けの存在は周知できていた…。それを今日まで存在を隠し、突如現れた。二日後もまた現れるかもしれません。村雨教授の動きと同じタイミングで。おそらくここは樹海の瘴気という名の防御壁があります。向こうも瘴気の多い地形は不利ということを理解しているから、ここにはまだ現れていないのでしょう。そうなると、瘴気の存在もあり、この樹海に我々がいるということも知っているのでは…。機械仕掛けも侮れません」

源内は伊賀の忍士たちに注意を呼びかけながら、自分の推測を伝えていた。

「これまでの話は、ガントレットの解析をしていく中での結果からの推測です。ただし、用心に越したことはないでしょう。危険は承知の上、まず村雨教授から何としても新型を受け取ってください。受け取りの日に若には、雲水さんと霧雨さんに同行してもらいます。しかし、村雨教授の要望は若が一人で、ということ。今回の受け渡しの時は若一人が村雨教授とお会いします。そこまでの雲水さんと霧雨さんが若の安全確保を。もしかしたら、村雨教授は機械仕掛けの者たちの正体を知っているのかもしれません。くれぐれも村雨教授と会うのは必ず、若お一人で。今回の場所、帝天大学は若の方がわかっていることが多いので、考えようでは都合がいい…雲水さんと霧雨さんには大学内のデータをガントレットに送っておきます」

源内の話の後、正宗と雲水と霧雨は互いの顔を見合わせ任務の重さを受け止めた。

「それで、今回の情報を知らせた時、あのクソ親…いや、半蔵様は？　何か、その、源内が気になるような素振りとかはなかったか？」

その感情をなだめるように玄斎は正宗に言葉をかけた。

「若、若の目からはそう映るのかもしれません。しかし、半蔵様はおそらくその先を見ておられます。今までにもずっと多々ある判断をなされてきました。それは全て里のために動かれています。なかなか私たちの前には姿をお見せになられませんが、これまでも重要なところでは必ず里をお守りになられてきました。この一週間で事態が急変しています。徳川の方にも里のために赴かれているかと」

「そうです、若。玄斎さんの言う通りかと。きっと次の動きを見据えての行動です。だから、我々は二日後の任務に集中して下さい」

「源内、玄斎、わかっている…。でも、こんな時だからこそクソ親父は居なければ…」

　埒のない正宗の言葉を破壊するように佐助が割って入ってきた。

「えーい、今そんなことを言ってもお館様は戻ってこない。だから、ここは若様、ボクも協力する。ボクも行きたい。ここで名を上げれば忍士になる道が早くなる。なぁ、羅刹丸。お前はこれでいいのか。ねぇ、キリキリ、ボクも連れていってくれよ。こうなったら勝手についていってやるぞ、若様っ」

「馬鹿を言うな。遊びじゃない。忍士じゃないお前が勝手について来てみろ、命令違反だ。忍士どころじゃなくなるぞ。それにな、敵となる機械仕掛けも今のお前じゃ全く歯が立たない。足手まといだ。羅刹丸、この馬鹿を抑えておけ。それにその日は必ずここが手薄になる。その日は羅刹丸、お前が頼りだ。頼むぞ」

「霧雨さぁんにそう言ってもらえるとがんばるよぉ。若ぁ、任せといてくださぁい」

少々気が抜けた返事だったが、羅刹丸の目は真っ直ぐ正宗を見つめていた。

「こんな時でもクソ親父もだが、徳川も徳川だな…。佐助の言う通りだな。グダグダ言っても始まらない。よしっ、わかった。頼むよ。羅刹丸、ここを。佐助、今回は大人しくここにいてくれ。必ずこの先、君にも力を借りることがこれからくる。その時まで力を蓄えていてくれ」

正宗は佐助にも気を配り、場の中の意識統一を共有した。

「若様、わかりました。ボクは大人しく羅刹丸とここでお留守番しときます。一つ気になったのですが、さっきから徳川って…もしかして、あの徳川ですか…？」

佐助以外の者は呆気に取られた。この里では当たり前の話で徳川とは徳川家康から脈々と繋がっている徳川であることは常識の話で何とも間が抜けた空気になった。

「若、すみませぇん、佐助もここに来て2年になるのですがぁ、まだぁ詳しくはぁ話していませんでしたぁ。もちろん忍士になってから話そうと思っていましたがぁ…」

羅刹丸が慌てて無知な佐助をフォローし、日頃の指導不足を補うように取り繕った。

「まぁいい、羅刹丸。佐助、俺たちこの伊賀はな、徳川によって生かされている。徳川と言っても、慶喜公から繋がる徳川は秘密裏にこうして俺らが今も支えている。徳川は別の表向きの顔があり、その顔は一般社会の中でも存在している。その顔が東京で、ダミー代わりをしている。そして、本来の我々の徳川の所在は服部半蔵の名を受け継いだ者にしか知らされていない。つまり、クソ親…、いや、現服部半蔵だけが知っている」

「若様、歴史では徳川幕府はないはず…今も残っていたんですね。若様が言う徳川が本来の徳川なんですね…覚えておきます。で、お名前のほうは…?」

「佐助、そう興味ばかりで後先考えず口にするなよ。忍士にとって情報は命、これは忘れるな。でも、ここにいる忍士は全員知っていることだ。現徳川頭首の名は徳川慶家公だ。覚えておけよ。その支配下に我々伊賀の忍士だ」

「はーい、わかりました。なるほど、だから食料とか備蓄品とかその他諸々は徳川様の支援でなりたっているんですね。この2年間当たり前に過ごしてきたけど、それは不思議でした。謎が一つ解けました」

　また正宗は、その佐助の無邪気な返事に拍子抜けして呆れた。

「徳川の話は一旦ここまでだ。おそらく、村雨教授との再会も機械仕掛けも、いや、それ以上のことが起きるかもしれない。俺も足手まといにならないように心がける」

　自分に言い聞かせて引き締めようとしていたのもまた正宗だった。その様子を見ながら、正宗は伊賀の忍士たちの顔を見て強く決意をしていた。

「若はお館様の命令に従い、情報を持ち帰り役目を果たされている。こっちもまた若たちの働きに最大限のサポートをします。次は来たる二日後です。玄斎さんは若たちの帰った後、万が一のため怪我の処置の準備もお願いします。羅刹丸さんは玄斎さんのフォローと屋敷の警備を。佐助さんは見習いなので無茶は禁物、羅刹丸さんの指示に従って下さい。これが半蔵様からの命令です。あくまで今回の話は帝天大学です。若、雲水さん、霧雨さん、よろしくお願いします。話は以上です」

部屋にいる忍士たち全員が源内の話を了承し、各自持ち場へと戻っていった。思い返せば正宗も15歳に里を出て以来5年ぶりのいきなりの任務のための帰郷。そして、今回正宗は村雨がすでに大学にいたという現実を知り、この2年間の大学生活で何をしていたのか自身に対して、問い詰める夜となった。正宗は里屋敷の中の自分の部屋に戻り、ベッドで寝付き難い身体を休め何となく窓越しの外を眺めていると、赤黒く光る粒子が見える。それは月夜に舞う赤黒いホタルのようだった。伊賀に漂う瘴気で正宗の呼吸が重くなっていく感覚を5年ぶりに改めて感じ、自分の生まれた場所が余りに現実離れしていることを再確認した。

「こんな場所で俺は…そして、これからもこんな世界で生きていくというのか…」

ぼんやりと窓の向こうでは形をなそうと赤黒い粒子が一つの集合体になろうとして

いた。その集合体が窓の向こうから正宗に呼び掛けるように宙に浮いていた。

「なんだよ、これはっ。ここに戻ってきてから、妙に俺の近くに瘴気が纏わりつく。この屋敷にいるから安全と思っていたが、窓越しから今にも入ってきそうだ。瘴気の集合体が…俺に…うっ、目が、痛む…まただ…」

…忘れないで。

「聞き覚えのある声…。敵に襲われた時の頭の中で聞こえた声…。懐かしい…」

…忘れないで。あなたの持つ力は心だから。心の声の方に未来は味方するから。心のままに信じるのよ。

「うっ…目が…誰だ。誰かそこにいるのか?」

窓越しの集合体は形が崩れ、小さな赤黒い粒子となって空に消えていた。同時に正宗頭の中で聞こえていた声も消え、目の痛みもすぐに和らいでいた。

「…こんなことは初めてだ。心の声の方に未来は味方する…。俺に一体何が…」

自分の身に起こっていることは理解できず、それでも頭の中で響いた声の行方を辿る。正宗の意思とは関係なく進む未来が動き出していた。正宗は来たる二日後の未来に、不安も入り混じりながら村雨との再会に備えた。

―徳川謁見の間―

伊賀の忍士たちは村雨との再会の準備をしている頃、徳川は駿府にあるとされる徳川邸へ正晴を呼び出し、謁見の間の下座にて正晴を待たせていた。

「呼びつけてすまぬな、正晴よ。本来なら伊賀に居なければならない時に青木ヶ原から駿府まで足を運ばせたな。ご苦労であった。面を上げてくれ」

正晴に遅れて謁見の間の上座には、正晴と同じぐらいの年齢のはずだが、明らかに正晴よりも若く、体格も小柄で細身の着物姿の男が座り、下座の正晴はその男の前でひれ伏した後に顔を上げた。

「楽にしてくれ。呼んだのはな、機械仕掛けとやらと村雨が動いたことだ。それは奇しくも20年前に遡る封印の楔だがどうだ？」

「封印の楔は緩み始めています。それと同時期に村雨、いや、正影も狙っていると考えた方がいいです…。それに村雨と正影はおそらく…」

「そうか…そうなると服部の因子を有する者がこれから相手となると厄介だ。それに封印が解かれかけていることがどこかで漏れているというのか…」

「漏れているのか、或いはすでに知っていたのか…。ただ、機械仕掛けはゴーグル型のガントレットを知り得ていなかった。技術は我々より上ではあるが、どうやら我々の肝心な歴史を深くは知らないかと。上様やはり機械仕掛けは…」

慶家は難しい顔を露わにしていた。

「古の者たち…時代に埋もれた幽霊といったところだな。狙いもやはり伊賀の宝か…。どちらにせよ、修羅は渡せん。アレは伊賀の宝そのものを至宝へと引き上げるための研究には欠かせぬ者。これまで20年間、青木ヶ原の樹海の富士火山入口前で何とか封印し続けてきた。修羅のおかげで瘴気の知識をより得ることに成功している。だが、まだまだだ。力を掌握するにはまだ修羅が必要だ」

「上様、機械仕掛けの動きに特徴があります。禁忌の忍術は使ってきましたが、術技は使っていないということ。おそらくあの者たちは抗力を持っていない。もし、抗力があるのならすでに樹海に侵入し伊賀を攻めていてもおかしくない…それも狙ってきた時は樹海以外の場所。おそらくまだ樹海に対応する力がないのでは…。ただ、禁忌の忍術を使ったということは瘴気の存在は理解しているかと」

「機械仕掛けからも警戒の手を緩めるな。問題は封印の楔だな…どうする結界は？」

正晴もまた難しい顔を露わにしていた。

「現在為す術なし。封印の場所の瘴気が相変わらず濃く時間の経過と共に桜華と凪ごと浸食し始めて、修羅を守るのもまた限界が近いです。未だ火山口の手前の瘴気ですら退けるだけしか術はなく火山口への進入不可能。これは我々もとなると、機械仕掛けも村雨や正影もまた近寄れぬと…」

「今のレベルでは誰も近寄れないということか…。ただどの道、その瘴気の問題も解決しなければならない。そのためにも修羅は必ずいる。何か手立てを考えなければ…」

「現在伊賀では源内がステルス機能と濃い瘴気の中でも活動可能にする防護機能を備えた新たな装束を開発中です。それが完成すれば…。また、今回村雨が要求してきたのは、我々のイザナミの血のデータ。そして、正宗。それらとで新型を譲渡するとのこと。新型が手に入れば正宗に何か変化があるかと。おそらく村雨が正宗を指名してきた狙いも…。リスクもありますが、それに見合うだけのリターンもまた大いに。今回の村雨の目的は、あくまで正宗を利用し太古の力をまずは復活させることこそが狙い…。しかし、真の力はそのようなものではない。村雨の今の現段階でそれを理解しているか否かは、正宗が新型を無事持ち帰れば報告致します。もし村雨が天の真の力を理解しているのなら、今後は厄介になります。その時は…よろしいですね」

「その時は村雨も止む無し。正影もまた繋がっていたのなら村雨同様となることは心得ておけ。修羅を、いや、伊賀を守らねば…正晴、今のお前の力で…守れるか？」

「味方だろうと血筋だろうと息子だろうと、半蔵、いや、徳川に仇なす者は始末するのみ。私の力はまだ健在ですが…もう数年前から少しずつ力が衰え始めています。ですが、伊賀には忍士がいます。修羅を、伊賀を何としてでも守り抜きます」

「そうか…急がねばならないか。これからは通信も気をつけよ。特に重要事項に関しては今後直接会うこととする。他に何か不自由なことがあれば申せ」

「物資の備蓄も満足にあり不自由はありません。これまで通り定期的なご支援で問題ありませんので、引き続きこれからもよろしくお願いします。今後正宗が持ち帰ってきたことで事態が急変するやもしれません。その時は迅速にご報告致します」

「これから必ず何か動くだろう。村雨がこれで何もないということは考えられないからな…。私もまた備えておこう。徳川として」

「ハッ。私もまた半蔵を名乗る者、今後の動きがいかようにあったとしても覚悟はできています。それが正影に及んだものだったとしても。私は服部家当主15代服部半蔵正晴です。すべて徳川のため。上様、伊賀は徳川慶家公のためにあります」

　正晴は力強い返答と強い眼差しを差し示し、改めて決意を口にした。

「ありがとう。正晴。私も伊賀の忍士たちが頼りだ。正晴、これからもよろしく頼む。

それと最後に正晴に渡しておきたいものがあった。研究に役立ててほしい」

慶家はわざわざ下座の正晴のところまで歩みより、チップを手渡した。

「これは直接でないと渡せないデータだ。盗まれたら一大事。伊賀にある方が守られている。私が過去の徳川の遺産を使って独自で研究をした成果だ」

正晴はまだ理解できずピントが合っていなかった。

「村雨もおおよそ欲しがるであろう力に関するデータ…天の力。天技は天術にあり天術に非ず。また、天術は天技へと成し天技と成す…天司りしは神をも識れり。その力だ。それを託す。伊賀にしか使いこなせない。この先こそが未来となる…」

正晴は慶家の言葉でハッとした顔を見せてからすぐに理解を示した。

「上様のご期待に添えるよう伊賀を今よりもなお発展させてみせます。確かにチップは預かりました。では、私は里が心配なので戻ります」

正晴は慶家からチップを受け取り大切に懐に収めた。

「そうか。そのチップを渡すのが実を言うと目的だった。今は機械仕掛けも現れて何かと警戒の時だ。何よりも天の力だ…それがすべて。誰よりも何よりも我々が手にしなければならない。そして、徳川の悲願でもある。頼むぞ、服部半蔵正晴よ」

正晴は慶家に強く意向の返事を示し、徳川邸を去り伊賀の里に戻っていった。

參章　村雨再会

――帝天大学――


正晴の命令により雲水、霧雨、そして正宗は滞ることなく予定通り村雨と再会するため帝天大学に到着していた。朝焼けに似た夕日を背に大学を遠目から見下ろせる高台となる高い木の上から、ゴーグルのレンズ越しで周辺を見張る雲水がいた。大学へ侵入する者を警戒するがレンズ上にも熱源反応はない。雲水は引き続き気を緩めることなく見張りを続けていた。時折、大学の外の情報を耳裏に向けて声で送るように話し、正宗に状況を説明して注意を促していた。

「若、今のところは変わった様子はありません。生徒らしき人間が見受けられるぐらいです。大学内はいかがですか、若？」

「こっちも問題ない。若はもう…いや…。俺はできるだけ足を引っ張らないようにする。一人で会うのが条件だったからな。大学内の屋上で霧雨は目を光らせてくれている。なぜ俺一人だろうな？　村雨教授は俺に何があるという…」

「わかりません。ですが、新型と呼んでいるものはきっと若に何か関係があり、若が忍士であるからこその任務です。それにこれは半蔵様からの勅命です。とにかく油断なさらぬように。村雨教授のところまで行くことだけ今は考えてください」

「そうだな、会えばわかることだ。あのクソ親父からの命令が気に入らない。それと、耳裏にあるイヤフォン代わりのチップ型の通信機も耳元が少し熱い。多用の通信は負荷が大きくなるな。話しながら歩くのも敵にも気づかれる可能性も上がる。…何か嫌な予感がする。すんなりと約束の場所に近づけている。日が暮れる黄昏の時間帯、俺一人、向こうも大学内の人数が減っていく時間帯に合わせ…。それも滅多に使わないような、俺も初めて知る通路を歩かされている。もしかしたら向こうは人気のないところで俺を始末して…」

「そんなはずはありません。そうであるなら、もうあの山小屋の時にでも」

「かもな…クソ親父は結局今も徳川のところ…俺はクソ親父のいいように」

「いいえ、若、だから、半蔵様は若にこの一件を任されておられるのですよ」

「でも、わざわざ会って情報を共有とは…山小屋の一件といい手が込んでいる。それに俺は2年間も大学にいて村雨教授の存在を知ることができなかった。まさか帝天大学に入学することもすべて計算…？　俺はあのクソ親父らの掌の上ということか。クソ親父は村雨教授のこの行動を読んでいたのか…その上で未だ里に戻らず徳川に…。

そこに機械仕掛けが出てきた。タイミングが良過ぎている…。すべて忍士なんか…」

「若、言いたいことはわかりますが、このへんで…任務中です。それと確認ですが半蔵様から託されたチップも大丈夫ですね？」

　正宗は出発前夜、源内から正晴の代わりにチップを雲水と霧雨のいる中で渡されていた。源内から渡される時に、そのチップがこれからのカギとなるものだと伝えられ受け取っていた。そのチップを正宗はしっかりガントレットに挿入していた。

「あぁ、俺のガントレットの中にある。このチップが切り札のような言い方をしてあの親父は俺に渡した…。このチップは何だ」

「源内が言うには、チップに伊賀の力を示す半蔵様が研究していた成果が入っているようです。中身が何であれ、そのチップを村雨教授へと無事譲渡する。もし、そのチップが狙われている状況なら、その者の正体を暴き、捕縛もしくは始末も止むを得ず。まるで敵も来ると予言をしているような任務内容ですが、だから、予めこの任務に私と霧雨が同行したのでしょう」

「そうだな、途中ガントレットを使ってこのチップの解析を試みたが、細工して開けてしまうと壊れるようになっていた。中身は相当ヤバイものだけはわかっている。クソ親父のご執心の研究の果てには何があるのか…」

「とにかく今は村雨教授にそれを。我々のマーカーもありますね、若。考えるのは後です。若も大学内ですから今回は普段着の下に戦闘装束を着ておられるが、油断なさらぬように。その分目立たないためにも武器は腰の後ろにある小太刀のみですから」

「わかっている。それに戦闘前提の任務ではない。チップの譲渡が任務だ。ここは大学、戦闘になれば襲う方も目立つからやりにくいはず。もし襲われるようなことがあっても俺には雲水と霧雨がいる。万が一でも室内なら小太刀の方が向いている。そろそろ約束の目的地だ。もう通信を切る」

「承知。私も引き続き外の警戒を。霧雨には私から伝えておきます。お気をつけて」

正宗は雲水との連絡を切り、大学の廊下から見える景色を見つめながら、左手のガントレットを頼りに目的地を目指す。雲水は正宗の動きに連動して霧雨に連絡。さらに大学内をより警戒するように指示を送る。それに素直に応じ霧雨は、約束の場所へ向かう正宗との距離を保ち遠目から正宗の護衛を続けていた。

―約束の場所―

　村雨が指定してきた場所は大学構内の案内図には記されていない。正宗はおろか正宗以外の他の者も全くわからないであろう場所だった。その場所の入口は一見すると非常用と表示している扉だった。だが、まだ先は続く。ドアに手をかけるとガントレットが反応してドアは開かれた。ガントレットの案内通りにその先を進む。道ではあるが非常用と言うだけあって通常用には適していない小さな通路だった。ガントレットのライトを使い、暗くジメッとした細い道を進む。おそらくその道の先には避難時の逃げ道があると推測できた。が、その先を行くような案内をガントレットはしなかった。ガントレットが案内した道は、その小さな通路の道半ばだった。正宗がその場で止まった足元に別の道を示していたが、到底扉などは見当たらなかった。

　ライトを足元に照らすと山小屋にあった正方形の跡と同じプレートを見つけた。正宗はそのプレートにガントレットを近づける。山小屋の時と同じように下に行く通路が現れた。正宗はさらに中へ続く階段を下りていく。その正宗と連動するように下に下りた通路は自動で明かりが照らされ狭い、一本の通路が見えた。山小屋の時の通路によく似た構造だった。その中を正宗は緊張を抱えながら進む。通路自体は明かりが照らされただけで特別何かあるわけでもなかった。その通路を歩いていると途中でガントレットが反応した。

やはり山小屋の時と同じ仕組みだった。正宗が立ち止まると、その通路の横にある側面の壁にガントレットが共鳴していた。壁と同化して判別が難しかったが、扉があることをガントレットは知らせる。ナビ通りにその扉があるであろう壁の前に立つと、ガントレットが反応して目の前のその壁が姿を変え扉が現れた。その扉は正宗を招きいれるように自動で横にスライドして開くと同時に開いた先の廊下の光が零れていた。廊下全体はすでに明るかった。その先に部屋があり入口もすでに見えていた。ナビもその扉の向こうが目的地と示し案内を終えていた。その扉まで進んで、扉の前に立つとガントレットが反応し、ドアの前で細い赤い生体センサーのレーザーが正宗の身体全体をなぞり終えてから開いた。

開かれた先の部屋には、山小屋の時と似た大きな円柱の機材が部屋の真ん中にあり、山小屋では見かけなかった四角の大きな機材や見たことがない機材もあった。その部屋は机にも棚にも資料らしきものがある。その資料に埋もれたように部屋の隅にある一つの机のディスプレイの前で、没頭している後ろ姿の男がいた。その男は背後にいる正宗に気がついていた。

「お久しぶりですね、そろそろ来る頃だと思いました。正宗君」

その声は昔聞いたことがある声だった。正宗は一気に昔の記憶が蘇っていた。

「あなたが…村雨教授。…入学時から全く知らなかった。お会いするのは里を離れてからこれがはじめてですね。まさかこの大学にいたとは…」

村雨は不敵な笑みを浮かべて懐かしそうに正宗を見ていた。

「ようこそ、正宗君。さすが私が作ったガントレット。迷わずに来られましたね。回りくどくなって申し訳ない。だが、もう嗅ぎつけられたようですね。なかなか思惑通りに行かないものですね。一人で来てほしかったのですがね…」

「待って下さい、村雨教授。ここには一人で来ています」

「そう、ここには一人ですね。まぁいいでしょう。先日の山小屋の非礼もあります、私も正宗君を責められないですね。それに追手も嗅ぎつけている」

「わかっているのですか…？　それに嗅ぎつけている？　一体誰がですか？　なぜ？それに村雨教授が狙われている？」

「質問は一つずつで。私もこう見えて有名でして身を隠すのに必死なだけです。それに正宗君がここに通っていることも知っていました。なら木を隠すなら森の中がいい。

さらに研究はそれ相応の用意がいるもので、それらも揃った状況がこの大学です。この部屋の設備であれば、この部屋以外の外の状況も容易にわかります。だから、正宗君が途中から一人でここに来たことをもわかっていますよ、正晴さんとの付き合いも長いですからね。ひっそりとした場所ですが不自由はないです。それもこれも私を支援してくれる方と教授という地位を使い実現した場所です。と言っても正宗君には直接関係ない話ですね」

「どうして村雨教授は里を出られたんですか？　里を出るということは…」

「そうですね、里を出て以来の再会となりますね。あの頃が懐かしいですね、皆さんも変わらずお元気ですね。ここに辿りつけたということは源内君が私のプレゼントを開けてくれた。予想通りです。源内君の寝不足の顔が浮かびます。私も里を出て10年ぐらいになりますか、なんせあそこは富士の樹海、瘴気がある。研究にはいいのですが、私には過酷だったということです。あっそうそう、私も正宗君に合わせてこの大学に来ました」

「俺が入学した時に村雨教授も…どういうことです？」

「そりゃ研究です。しかし、研究もあと少しというところで行き詰まってしまって、奥の手ですかね。正晴さんに久しぶりに知らせを送った次第でしてね。そして、正宗君がここに来てくれた。これで次に進みます。再会の余韻には浸りたいのですが、この後、最後の後片付けがありまして時間もないです。私から一つ質問、単刀直入に正宗君の周りに瘴気の塊のようなものが現れたことはなかったですか？」

「なぜその瘴気の現象を？」

正宗は村雨の口から瘴気の集合体の現象を知っていることに驚いた。

「やはり封印が弱まった…。正宗君、今回は私の方こそ正晴さんには感謝しています。正晴さんが悔しい想いの中、君に託した顔が想像できます。もう目の前です。この私が作り上げたシステムも最終段階。ここで実用し今日をもって、これから正宗君が私たちの未来を叶えてくれる。早速ですが持ってきてくれましたね、例のものを」

正宗は村雨教授にチップを渡そうと傍に近寄った時、ガントレットから熱源反応と通信が正宗に入ってきた。

「若っ、不明な熱源が一つそちらに向かっています。すでに後をつけられていたようです。霧雨も若の付近に向かっているはずですが…相手は機械仕掛けのようで。向こうの動きに迷いがありません。そちらの再会を待っていたかのように動き出しました。早く村雨教授といっしょに離れて下さい」

「…わかった。まずは霧雨と合流する。うん？　こっちも急に増えている。向かってきているのは不明の熱源数3が霧雨のところにか…？　雲水、合流はできるか？」

「すぐにでも…。ちっ、こっちにも、一体ど…うやって、お前らは…何者だ？　システムジャック…だから見つけ…なかったのか」

通信越しで正宗は雲水が何者かに遭遇したことがわかった。そして、いきなり通信が難しくなった。

「こっち…何人…潜ん……わかり…ません。今はわか…止めます。おそ…らく熱源数3がそっちに…。霧…雨が時間…繋ぐ間にどう……逃げてくだ…い」

連絡は切れた。正宗は状況を見て村雨教授を逃すことだけを考え、村雨教授の護衛のため傍に寄った。

「教授、連絡の通り、早くここを」

「やはり出てきましね…正宗君、ヤツらの狙いはガントレット。力尽くといったところでしょう。少しガントレットを貸して下さい」

村雨は強引に正宗の左腕を掴み自分の前にひっぱり出した。

「この熱源が雲水さんと霧雨さんでしたか…今はここにいる…。向こうはお二人の熱源を拾われて…となるとかえって…合流は…」

村雨は雲水と霧雨がいる場所を確認した後、独り言のような会話で正宗に話す。

「正宗君が一人でここへ来たので及第点としておきます。正晴さんも変わっていない。まぁ、それはお互い様か…。それにこのガントレット…これは源内君の仕業…。なるほど…彼は私がいなくなっても力をつけていた…まさか源内君も力を求めている？いや、正晴さんの指示かもしれないが…。正宗君のガントレットには常時情報を単独で収集し解析結果を伊賀に随時送信されている。ここまでのこれまでの情報も傍受されましたね。これでは伊賀はもう信用することはできません。残念です。私は…脱里者ということですね。わかりました、受けて立ちます、正晴さん。では、手始めにこの状況を打破しましょうか。雲水さん、霧雨さんには引き続き働いて貰いましょう。正宗君のガントレットに少しヒントを残してしまうけど今は仕方ないですね、このガントレットをこうして…ここを…」

部屋にある機材も反応して、ガントレットのディスプレイから熱源反応が増えた。

「教授っ。これは…ガントレットが…」

ガントレットのディスプレイの索敵能力はさらに範囲が広がっていた。そして、不明の熱源を新たにキャッチしていた。

「これでサーチ能力がさらに上がりました。従来と比べても5倍の範囲で全体の状況をサーチできます。さらに一時的ですが電波やシステム攻撃の類、今受けているシステムジャックすら防御できます。これが本来の力です。システムのレベルを上げると常に負担が大きくなる。だからこの機能を封印していました。これまでその力を必要としなかった、つまり今までが平和だったということでしょう。…さらに同時にシステムチャフを使えばと…ここに拡張データに入れて…、よしっ、これで当分相手は私たちの位置がわからなくなったはず。正宗さんと共有しているガントレット間も連結して同等の発動をしている。時間に限りがあります。では、急ぎましょう」

村雨の用意の周到さは、予めこの状況を読んで合わせたような動きだった。

「ガントレットを見る限り敵の熱源数は6。その内3が雲水さんと今…。残る3の内のさらにその内の一つがもう近い、後の二つは霧雨さん。こっちは私含めて5…」

正宗は村雨の発言に異を唱えるようにガントレットのディスプレイを確認する。

「こっちは村雨教授含めて4です。残る一つが未確認…。それにこのガントレットを村雨教授に渡してから、熱源の大きさで能力が比較できるようになっている…。しかも未確認の熱源だけ、大きさが雲水や霧雨よりも、いや、ここにいる全員の中で一番大きい。この抗力の持ち主は…」

正宗もガントレットからこの場の中で一つだけわからない熱源に気がついていた。その熱源は、正宗たちから一番近い敵と思われる熱源の一つに向かって動いていた。

「その熱源は私が把握できています。では、こっちに来て下さい。それとチップを」

　正宗は村雨に渡し損ねていたチップを速やかに渡し、ガントレットの反応を見ながら先に進む村雨の後を追った。村雨は研究室の真ん中にある円柱の機材の前まで来て立ち止まった。村雨はその円柱の機材に付いている周辺機器の中にチップを挿入し、またモニターの前で釘付けになっていた。

「…まだもう少しチップの中の解析に時間がかかる。正宗君、先ほどこっちに向かっていた一つの熱源は今どこにいますか？」

「はいっ、こっちに向かっていた一つの熱源は…まさか…熱源は消えかけている。未確認の熱源が圧倒している…？」

　村雨教授はこんな状況を予想していたかのように無駄のない行動を取っていた。

「わかりました。ならもう問題ないでしょう。霧雨さんの熱源の大きさからして霧雨さん付近にいる二つの熱源と応戦できる力はありますね。問題はこっちですね。ぐずぐずしている暇はない。解析を終えれば…もうすぐです」

　村雨教授は円柱の機材の周りをウロウロしながら淡々と操作して事を進めている。

「…いいぞ。そのままで…結合率73…86…94…98…100。よし、ようやくだ。ようやく、この日が。これで進む、何もかも動く。私の過去が未来へと繋がる」

「村雨教授？　一体ここで何をしていたのですか？　雲水の方に向かった熱源は…？」

モニターからも正宗には到底読み取れないスピードで、村雨の操作に応じ画面も動いていた。村雨はその画面の動きに心を弾ませていた。

「こちらも仕上げの作業が終わりました…さすがですね、もう使えている…。この続きは源内君が続きを探すでしょう。もしかすれば正晴さんには気がついているかもしれませんね。ただし、この先は今の正晴さんにもどうにもできない。それは私もですがね…。チップの中身が少し残念なところもありましたが…後は私がどうとでもできます。正晴さんの反抗とでも取っておきましょう。本来はガントレットさえも渡したくないですが…正晴さんのチップがあってこその成果、そして、正宗君がこれからも必要です。元々正宗君の力とガントレットが融合して意味を成すものですからね」

「さっきから何を村雨教授？　こっちに来ていた熱源が消えた…さっきまであったのに…。それに未確認の熱源もすでに雲水のところに近い。動きが速い…。軌道が読めない。なんだかワープしているようだ…変だ…うん？　ガントレットが…」

村雨は正宗の話を聞く姿勢はもう持っていなかった。正宗のガントレットのディスプレイにＩＧＡという文字が浮かんでいた。

「ＩＧＡシステム。これが新型の力です。新型の力と正宗君が合致すれば術技さえも超える力が発現する。これからこのガントレットが、君の、いや、我々の力になる。その一歩が今生まれた。しかし、まだ今から使うこの力もそう何度も使えません。使い過ぎるとガントレットも正宗君も危ないでしょう。本当の研究はこれからです。さらに真実を…次の扉は開きました。さぁ、正宗君行きなさい。ターミナルは霧雨さん」

村雨は正宗の左手のガントレットを勝手に操作していた。

「IGAシステム…？　ターミナル？　霧雨って？　村雨教授」

「さぁ、正宗君、力の開放をするのです。この話の続きは今ではない。今日はありがとう、正宗君。君のおかげでこのIGAシステムが構築に成功した。今はガントレット間での移動制限ですが…それも時間の問題。正宗君は力をつけて下さい。オートプログラム、転移発動。最後のアドバイスです。IGAシステムは習うより慣れて下さい。天術瞬光」

「なぜ村雨教授は狙われているのですか？　…あの熱源は…正影兄さんでは？　教授まだ話が、村雨教授…」

いきなり正宗の身体が小さな光の粒子状になり一瞬にしてその場から消えた。その様子を目の当たりにした村雨は興奮していた。

「やはり勘はいいですね、正宗君は。正宗君が粒子化となった。天術を手にした。だが、まだ君は熟していない。熟すために力をつけてもらわなければならない。その真なる力を私は欲しています。今後必ずまたお会いしますよ。天の力の片鱗が…正晴さんの力をようやく私にも…。これで更なる力を。桜華さんの力も…。もうすぐです。私は…ハハハッ」

―大学校舎の屋上―


正宗が村雨と会っている同じ時間帯に、大学の校舎屋上で急に現れ出てきた二つの熱源を相手に霧雨は一人で奮闘していた。

「二人相手はさすがにきついな。コイツら相手に時間もかけられない。若が心配だ。さらに一人逃してしまった。それと雲水さんも心配だ。雷光弾も二発ほど打ったな。瞬空天でさらに抗力を消費している。それにこの前のヤツらだ。やはりこっちの術技に驚きもしない。学習能力高いお利口さんってとこか」

「ハヤク、ヨコセ。カミナリヤロー。ソノ、ガントレットヲ。何ナラ右腕ゴト貰イ受ケテモイインダゾ。抗力ヲ使ウ者ヨ。忍士トカ名乗リヤガッテ」

霧雨を襲っているのはあの機械仕掛けだった。霧雨の体格から比べてみても明らかに霧雨より大きい。外見も変わらず全身プロテクターで、顔はガスマスクのような物を着けて表情がわからない。違いは両腕両足共に機械仕掛け、各自に左肩には漢字の一字が「武」「闘」ではなく、「甲」「乙」の文字だった。その「甲」の方が一方的に要求しながら霧雨に襲いかかる。その後を追うように「乙」も迫っていた。

「頂クゾ。ソノ右腕ェェ」

二人の猛追は激しさを増して霧雨に襲いかかる。二人の刀が右や左の斬撃が霧雨の身体を切り刻む。一つ、一つ、また一つ。防御で致命傷には至らないが、機械仕掛けの息の合った連携攻撃で斬り傷が増え、悪戯に体力も削られていく。

「クソッ、このままではいいようにされるだけだ。それに大した訓練をしている。互いの息も合っている。これでは反撃に転じられない。こうなったら…」

霧雨の左の掌に一つの球体が現れた。その球体の表面には稲妻を帯び、球体の表面でキリキリと高音を上げ走っている。

「なめるなよ。ただ防御しているわけじゃねぇぜ。こいつで一気にスパークしな。術技瞬天…からのぉぉ…」

二人の攻撃は交替で止むことはなく一方的に霧雨を追い込む。霧雨はそれでもそんな一瞬の隙を見つけ、瞬時に「乙」の背後に回っていた。回られた「乙」は虚を突かれてしまいすぐに防御態勢に入る。

「遅せぇよ。こっちもただただ斬られていると思ったか…すでにお前の身体にマーカーが付いていることも知らずにな。喰らえぇ。術技雷光掌ぉ」

左手の球体はそのまま手の中で維持し背後に回った「乙」に直接ぶつけた。咄嗟に「甲」は巻き込まれないように二人の場から離れた。「乙」は火花散る音を立て防御態勢の庇った両腕から煙が上がっている。離れた「甲」はすぐに体勢を整え、「乙」を助けるため霧雨に再び襲いかかり蹴りを繰り出す。繰り出した蹴りのふくらはぎの側面にあるブースターが開き、ジェット噴射して風を巻き上げ蹴りの威力、速度をさらに上げる手助けとなり、槍のような蹴りが霧雨の胸部を狙った。霧雨は「甲」の反応速度に追いつけず、咄嗟に狙ってくる胸部と頭を守るように両手を曲げて盾になるように構えた。しかし、敵はその蹴りの軌道を瞬時に少しズラし腹辺りに変えていた。霧雨は防御していたが、威力が強く吹き飛ばされる。身体は宙を浮き屋上の一角の壁に激突した。その後「甲」は「乙」に寄り、「甲」が「乙」の壁になるように立ち、霧雨の動きを警戒しながら攻撃態勢を崩さずにいる。

「グハッ、ゴホッ、なんだよ、あの蹴り。機械仕掛けが。念には念をで、戦闘装束の下に鎖帷子を着といてよかった。無かったら完全に持っていかれていた。抗力をリロードしないと。アイツら身体自体をカスタムしているから動きが速い。しかも、何か違う。もう忍者はいないはず…忍者のような…ちっ、もどきが。コイツらの狙いは前もガントレットだったが今回もか…蹴られる直前で軌道を変えた…うんっ？　こんな時にガントレットまで変な反応をしている。なんだ？」

霧雨のガントレットのディスプレイにはＩＧＡの文字が映し出されていた。

「なんだ、これっ。ＩＧＡ？　画面からは…タッチ。触れろ？」

霧雨はディスプレイに触れた。ガントレットは何か新たな起動の動きを始めると同時に耳裏からナビらしき機械的な音声が語りかけてきた。

―アップデート　データ受信　アップデート完了　システム展開　ＩＧＡ

「なんだ、なんだ、一体ガントレットに何が起きている？」

ガントレットは霧雨の都合お構いなしに動き、霧雨の目の前には小さな光の粒子が一つ寄ってきた。そしてまた一つまた一つと。その光の粒子は瞬く間に人型のシルエットを作り上げるだけ集まり霧雨の前で展開していた。

―ワープ成功　時空間転送終了　システムオールグリーン

霧雨の耳裏から告げられた後は目の前に正宗の姿だった。

「…終わっていないです。村雨教授……あれ…ここは…外。うっ…この疲れは…。ガントレットのエネルギーもかなり消耗している…」

状況がわからないままの正宗は困惑しながら現れた。

「なぜ、若がここにいきなり…？　今、戦闘中で、ウッ…さっきの蹴られた痛みが…」

「うん？　霧雨？　なぜ霧雨…ってここは屋上…。…村雨教授にやられた…またなんか動きそうだ、コイツ」

—汝　心に想いを乗せ　後に続け
「えっ？　霧雨なんか言ったか？」

「いえ、俺は何も…それよりも戦闘中ですっ」

霧雨ではなく正宗の耳裏からの人工的な声が発していたことを正宗は理解した。

—汝　左腕に力を込めよ
「なんだ？　耳裏から…心に想い？　そんな事今想っている場合か。さっきから何だ。力を込める？　何をすれば…ん、左腕に意識をすれば…いいってことか…」

正宗も独り言のようにガントレットに振り回されていた。

「若、それよりも早くここから離れてください…若ぁっ、若に向かって一人来ています…。早く逃げてください。ここは私が…」

「逃げきれるか…。ちっ、小太刀を抜く暇も…」

―汝　その想いが力になる　右手で空を握れ
ガントレットは次の行動を正宗に耳裏からナビをしていた。が、攻撃態勢でいる「甲」が、すでに右手で持っている剣で斬撃を浴びせるため大きく振りかぶり飛び込んでいた。

「一体何ガ…？　光ノ男、村雨ト会ッタナ…何カ受ケ取ッタカ？　戦闘ノド真ン中ニ現レテ…馬鹿ダナ、コイツハ。マズハソノ光ノ男ノ左腕カラ貰イウケヨウカ」

「うわぁー誰だ。抜刀が間に合わない…斬られる…」

正宗は対抗手段がないのに気がついた時にはもう敵の攻撃が寸でのところ、防ぎようがない。その時にまた耳裏で人工的な声が発っしている。

―汝　右手で空を握り　そして空を薙げ
「わーかったよ。訳わからねぇけどやるよ。これでいいだろ」

正宗は考える間もなく耳裏のガントレットの指示を受け入れた。その言葉通り右手で空を握り、振り払う行動を取った。

「一体この力は…俺の右手に小太刀が握られている。この光の粒子が？　この小太刀は俺の腰の裏の…」

正宗は一瞬何が起きているかわからなかった。正宗の右手には光の粒子が集まり、一振りの小太刀が握られていた。その小太刀で「甲」が振り下ろされていた剣の軌道に合わせ当て「甲」の攻撃を受け止めていた。小太刀に纏っていた光の粒子だけが空に還るように飛散して消えた。その状況に反応してすぐに霧雨が横から「甲」の隙を狙いトンファーで応戦。「甲」は体勢が崩れながら霧雨の攻撃を右腕で防ぐと、その右腕にダメージを受け右腕からは煙が上がる。

「まだリロードが短いが…。一発ぐらいは撃てる…若っ、退いてください」

霧雨は正宗がその場を退いたのを見計らい、左手に握り拳よりもふた回り大きいサイズの雷球を掌の上で再び作り、「甲」に術技を繰り出そうと決死の左手の掌を「甲」に向けていた。

「喰らえぇ、術技雷光弾」

正宗も小太刀で受け止めた反動で後方に下がりその場を離脱。正宗がその場から離れた後は「甲」一人残され、霧雨は「甲」に向けて雷球を飛ばす。雷球は霧雨の手から離れて「甲」へまっしぐら。「甲」は霧雨のトンファーの攻撃で後方に押されて体勢が崩れ、さらに雷球が襲う。「甲」はすでに回避行動は不能。そんな窮地に傷を負った「乙」が駆けつけ身を挺して、霧雨が放った雷光弾から「甲」を守り「乙」はまともにダメージを受けた。大きな唸り声と共に各両腕両手の間接部位から煙が出て小さな爆発も起き、機械仕掛けの手足はショートしていた。機械の部位からは派手に火花が散る。「甲」はそれでも諦めずに火花が散っている「乙」の身体を利用して放ち終わった霧雨の隙を瞬時に窺い反撃に出る「甲」の動きを正宗も反応していた。

—更なる想いを捧げよ　さすれば力を示そう

耳裏からも人工的な声が正宗を呼ぶ。正宗はその声に応えるように左手に意識して力を込める。ガントレットもまたその正宗の行動に応じた。

「うっ、何なんだよ。はっきり右目が熱い…、何だ…。俺は術技を使えない。抗力もたかが知れている。それは術技を使えるだけの力は俺にはない」

—汝　心を信じよ　ＩＧＡシステム起動　天術発動

正宗の右目は焼けるように熱い。しかし、今はその熱さよりも今のピンチを打破することが勝り、熱さがボケる。

—天術　水鏡

「天術水鏡」

正宗の右目は熱さを越し、痛みへと変わっていた。

—術技　雷光弾

「術技雷光ぉぉ…」

　正宗はガントレットに導かれるように霧雨と全く同じ術技を左手から作り出し、左手の掌を「甲」に向けていた。「甲」も霧雨に仕掛けようと向かっていた最中のその一瞬、正宗の方から雷の光が見えて気を取られてしまいスピードが落ちた。その一瞬のスピード低下のおかげで正宗の照準の精度が上げられた。火花を散らしながら霧雨を襲う「甲」に、渾身の正宗が力を放つ。

「弾ァァァンンン。ハッ」

　正宗は渾身の雷の球体を、「ハッ」の掛け声とともに「甲」を目掛けて押し飛ばした。その威力は霧雨の雷光弾と遜色がなく、「甲」は雷球の勢いに押されて飛んでいった。二人から離れた「甲」もその場で「乙」と同様に小さな爆発が体中に起きていた。

「ココマデダ…マサカ完成サセテイタトハ…オソカッタ。モウオワッタ、コノ身体デハ…。最後ニコノ状況ヲ…」

「甲」の肩が光りだし、正宗と霧雨の前で自爆。その後「乙」の肩も光りだし自爆した。霧雨はガントレットで残りの熱源を確認すると残り三つとなった。だが、まだ残る三つの熱源のところに不明だった一つの大きな熱源がもう向かっていた。

「自爆か…。なぜここにこいつらも…。それに若、天術って？　若も知っての通り、俺が若のところに行くことはあっても若が俺のところへ術技なしで瞬時には向かえない。元より術技が使えないはずの若が…あの光は？　それに雷光弾も…？」

「わからない。俺にもこんな力が…。村雨教授がここに俺を行かせる間際、天術瞬光と…それに天術水鏡…。最後に機械仕掛けが何かが完成したとも。わからないことだらけだ。話は後だ。まずは雲水のところへ。雲水まで距離がある。どうする？　俺は抗力もない。戦力の数にならない。霧雨はどうだ…大丈夫か？」

「若、身体が少々痛みますね。身体もガントレットも現状はギリってとこですよ」

「うっ、また右目が…うっ、まだ…まだ…フゥー…治まったか。さっきは俺のガントレットが導いた。それでなんとなく…できただけだ…それしか説明ができない。今は雲水のところに急がなければ…どうする…」

「わ、若、目が変ですよ…。右目の白目だけ赤黒い。今はここで休んでください。俺が行きます。若はここで待っていてください。では…術技瞬天」

霧雨はガントレットのサポートを受け、やっと術技を発動したが、

「うん？　霧雨？　一瞬消えたけれど…、なぜまたここに…」

霧雨は恥ずかしそうに頭を掻きながら、正宗の前にまた現れた。

「うん？　若…これは…失敗です。粋がってはみたものの身体は正直だったみたいです。抗力不足で中途半端な発動で不発に終わりました」

さらに霧雨のガントレットもバッテリー切れを起こしかけていた。

「くそっ、身体もコイツもか…。こうなれば自力で向かうしかないですか…」

…天術のために、天術を。

また正宗の頭の中で声が聞こえガントレットは自動起動していた。

「うっ…右目が…それでも…ここでやるしかない。…瞬天はマーカーを利用する。となると俺のガントレットをマーカーにすれば、うっ、見える…。そうか…教授はガントレットで他と俺の情報を共有し繋いだ。だから俺は霧雨のところへ。となると…雲水のコードを読み…再設定…雲水のコードを…パスした。これで雲水とは繋がった。よし、ガントレットが雲水の場所を探し…よし、雲水とのゲートは繋がった。霧雨、まだガントレットは生きているな？　貸してくれ。念のためこうして…霧雨のを繋げばガントレットが回復する…これでいける。後は俺そのものの力か…。うっ右目が…」

正宗は何とか雲水とのガントレット間を自力で繋ぎゲートを作った。霧雨の限界寸前のガントレットも役目を果たし霧雨に返した。

「なんで若がそんなことを…。若、これ以上は危険です。目が…」

「ありがとう、霧雨。これで俺のガントレットにエネルギーも入った。といっても少ないが…。村雨教授に会ってから俺のガントレット…いや、さっきからこのＩＧＡという力が…導いてくれている。そのおかげで右目だけでなく左目も少し痛み出している けど…。それに機械仕掛けとは違う新手の熱源が雲水のところにいる。その正体を…知らなければいけない。今の俺の導かれている力を使う。この力で…」

「いや、無茶ですよ、若。使ったことのない瞬天を今から…。さっき雷光弾も使った。それに雷光弾の反動で本来なら左肩も、持っていかれてもおかしくない」

「…わかっている、霧雨。それでも雲水のところに行かなくては…おそらく…」

「この世界の理では（持たざる者）は術技を使えないはず…その若が実際…いや、無茶です。やはり左肩も使いものに…若、もう右目の白目が赤黒い。左目も赤黒くなりつつあります。その力やばいです。若の抗力自体多くない。若の抗力では瞬天は…。若？　若っ！　待ってください。ダメですよ」

「この俺が（持たざる者）から（持ち得た者）へと…今はこの力が何だろうと…うっ、左目も…、それでも、霧雨…」

耳裏から人口的な声が聞こえた。そして、正宗は覚悟しその場で集中した。

―天術　瞬光
「霧雨は休める場所で休んで身を隠してくれ。あとは俺と雲水で抑える。必ず雲水と迎えに来る。天術、瞬光」

正宗は光に包まれた後、光の粒子となり雲水のいる方角の空へ消えた。

―帝天大学外周辺の離れた森の中―

雲水もまた、霧雨が襲われていた同じ頃に、大学の外で機械仕掛けと一戦交えていた。大学の周りは静かな場所で、都会の中に大学を建てたが故に人工的に作られた森に囲まれて自然の中にある演出が施されている。そんな大学の近くで雲水は、大学内に近寄らせないために、外から侵入しようとしてきた機械仕掛けたちを意図的に大学からできるだけ離すため誘導していた。侵入者の機械仕掛けたちとの交戦は数では3対1と不利な状況で、雲水もまたジリジリと機械仕掛けに押されていた。

「日も暮れてきた…長引けばさらに悪条件になる。にしても、三人相手は骨が折れる。肩には「甲」と「乙」の字。それと前にも会った「武」の一字…。顔は相変わらずマスクで読めないいな」

「甲」と「乙」は霧雨が襲われた機械仕掛け同様、身体全体をプロテクターで覆い両腕両足は機械仕掛け、顔面はガスマスクのようなもので表情はわからない。「武」は「甲」「乙」と違い右腕と左足が機械仕掛けになっている。それ以外は「甲」「乙」と変わらない。相変わらず背中にはジェットパックが着いている。しかし、籠るような声だが、前に対峙した「武」とは違う声だった。

「我々ニ、マダ刃向カウカ。貴様ニ用ハナイ。クタバレ」

雲水を無視して、「武」は一方的な口調だった。

「容姿からして…組織か。今度は捕まえる。素性を必ず吐いてもらうからな」

「ナラ我ラヲ倒シテミヨ。倒セルモノナラナ」

三人は連携を組み、また一斉に雲水を襲う。雲水もその反応に対応して三人の攻撃をかわしながら隙を見つけては攻撃を重ねる。時折三人の攻撃も緩急をつけた息の合った攻撃に止むことはなく、避けきれないものは致命傷にはならないように急所をずらしながら応戦する。だが雲水は少しずつダメージが蓄積し、悪手を打たれていた。

「このままではまずいな。コイツら相当手練れだ。息も合っている。攻撃スピードが極端に落ちることもない。この状況をどう好転させるか…。一気に術技で仕留めるにも抗力とタイミングがいる。数を減らすのも容易ではないな。しかし、以前もそうだったが違和感がある。確かに人間とやっているがどこか違う。霧雨は大丈夫だろうか。機械仕掛けには雷。それが救いだ。そろそろこっちも言ってられないか…」

雲水は三人の攻撃に対処しながら抗力をリロードして蓄え続けていた。

「何ヲ企ンデイル。企ンデイテモ、オ前ガ潰レルノハ変ワラナイ」

警戒をする「武」と、その後ろに必ず黙して「甲」「乙」が付かず離れず、時に「武」の指示のようなものを受け、変則的な動きを織り交ぜて雲水を追い詰める。

「潰れる？　そうとは限らんよ。にしても、これはタフになるな」

無言で「甲」「乙」は「武」の指示下で躊躇いもなく雲水に攻撃を加え続ける。「武」はその動きに合わせ相手の意表を突く動きを交ぜ、雲水の目の前まで迫った。

「離レロ…忍術火炎龍」

「武」の指示通りに「甲」「乙」は攻める手を緩めすぐに雲水から離れると、「武」が目の前の雲水に向けて竜巻状の火柱を現し出し雲水ごと天へと燃え上がっていった。

「ちっ、攻撃最中に仕込んでいたか…抜け目ないな。術技、瞬天」

広い範囲で燃え上がり焼けていた。辺りは焦げ臭く火の粉も飛散し地面に生える草、周りの木々に移り焼き始めた。雲水は火柱に飲み込まれる前に瞬天で間一髪回避。

「こっちも事前に複数木にマーカーを付けていたからな。それでもいくつかのマーカーは燃えたな。しかし、あの火炎龍はやはり以前見たものと同じ。禁忌の忍術を平気で使うコイツは…だが、さっきから「甲」「乙」は「武」の指示で動いている…。忍術も使ってこない」

「武」は自分の持っているガントレットらしき物を使い、離れて隠れている雲水を確認後「甲」「乙」に追尾させる指示を送った。

「モウ果テロ。ドコニ隠レヨウガ逃ゲレヌ。居場所ハワカッテイルゾ。死ネ」

「武」は「甲」「乙」に雲水を挟み撃ちさせる指示を出し、二人は雲水の居場所の左右の場所を確保するためすでに向かっていた。

「大木の裏に逃げ込んでも視覚的に隠れても向こうは動かずに発見した。やはり向こうもサーチ能力がある…。それに「武」が機械仕掛けのリーダーだな…。しかしな、ここで殺られるわけにもいかない。私もそう寛大ではない。ましてや3対1だ。少し力を出すか…やらせてもらう。連術技瞬空天」

「甲」「乙」は二手に分かれ雲水を軸にし挟む。雲水付近まで近づいた「甲」「乙」は容赦なく互いの息を合わせて、雲水の左右から攻撃を仕掛けた。しかし、突っ込んだ時にはもう雲水の姿は一瞬で消えていた。「甲」「乙」は互いが重なり合って斬り合う手前だった。二人が次に雲水を目にした時は、「甲」「乙」の後方にいる「武」を目指した後ろ姿だった。それはパラパラ漫画のようにヌルッと連続した移動の動きではなく、現れては消え、また現れては消えてを数回繰り返し「武」のところまで詰め寄っていた。

「空間ヲ…。ハッ…ヤバイッ。後ロ…クソッ。忍術火炎…」

「遅い、遅い。対策がワンパターンだ。術技雷刃・双」

「武」が忍術を放つ前に、雲水は両手に装着していた鉤爪の全体には雷に覆われ刃の形に変化し、まずは右腕の一振りで「武」に切りかかっていた。「武」はそれに反応でき回避したが、その避けた先にはすでに瞬空天で雲水は先回りしていた。

「見えている。お前の動きも考えもな。戦場とは一瞬という時間こそを紡ぐ場だ。その一瞬を失った。それが今のお前。戦場での一瞬を失った者の末路を教えてやる」

雲水は見透かしたように左手で出来たもう一つの雷の刃で、「武」を捉え斬りかかる。「武」は避けることができず雲水の雷の刃で身体を斬られた。

「その着ているプロテクターに助けられたな。なかなか防御性があるが防ぎきれていない。私もそれなりに学習をしている。前にお前たちの仲間だろうな、それらと遭遇していたからな。そして今回も通用した、私の術技が。残り2…「甲」「乙」か」

雲水の手応えに「武」は唸り声と共に体から爆発を起こし動けなくなった。残る二人もまだ雲水を倒そうと諦めていない。「乙」が先に雲水の背後から追って襲いかかっていた。雲水もその動きは容易に察知し今度は背後から迫りくる「乙」ではなく、その後続にいる「甲」を狙い再度瞬空天で空間を跨ぎながら移動して迫った。

「チョコマカ動キヤガッテ。ダガ出シ抜ケテイナイ。後ロカッ。捉エテイルゾ」

雲水は「乙」をあっさり瞬空天で飛び越えて「甲」に向かって移動し続けた。「乙」は雲水の動きに少し遅れながらも捉え、雲水の背中を追うように後方から迫った。雲水は「乙」よりも速く「甲」の間近に接近した。

「マタ空間移動ヲ…クソォォッ。我々ハ飾リデハナイ…オ前ラガ飾リニ過ギン。我々アッテノ、オ前タチダロウガァァァ」

「甲」は雲水の瞬空天の動きに発見が遅れ、咄嗟に身構えたが防御は完全に遅れた。

「大気中に抗力を維持させながらの連忍術は骨が折れる。終わりにしよう。お前たちはこれから私の術技を回避できるか、回避するなら瞬天はいるぞ？　この前は自爆をさせられた…多少は手荒だが一気にここで決めて動けなくさせる。術技鳳雷」

雲水の身体全身から一気に電気が充電され雷が身体を纏う。雷を全身で纏った後は一気に雲水を中心に鳳凰が大きく羽を伸ばして空に飛び立つが如く、雲水の纏っていた雷は無数の稲妻となり大気中で四方八方に放出された。爆発音を上げて無数の稲妻はビリビリと大気中を激しく走る。辺りは風で舞う葉がその放電により一瞬で燃え、木々も巻き込み亀裂が生じ燃えている。遅れながらも雲水の後ろを「乙」も迫ったが、それが仇となった。「乙」が雲水の術技を見て離れようとした時、雲水の術技鳳雷の放出された無数の稲妻が、「甲」「乙」の二人に大気中で這う大蛇の稲妻となって空を破って襲っていた。「甲」「乙」は悲痛な叫びを上げ、機械部分の両腕両足から煙が上がり火花も散らせながら、術技の威力によって後方へ二人とも吹き飛ばされた。

「ふぅー少々やり過ぎたな。三人相手でも何とかなったか…」

雲水は倒れている「甲」「乙」の状態をすぐに確認するため近寄っていた。「甲」「乙」は、焦げ臭くショートしている身体が横たわっているだけで無反応だった。

「まず霧雨に連絡…。とりあえずネットで動きを封じて。自爆だけはさせない。どこかに起爆装置があるはず。後は若にも連絡を…」

雲水が忍士具のポシェットからネットを取り出そうとした時、雲水のゴーグルが背後から迫りくる「武」を知らせていた。

「念ニハ念ヲカ…馬鹿ダナ。ソノ疑心ガ仇トナル。死ネェ」

さらに「甲」が雲水に向けて脅す。「甲」「乙」も「武」の動きに共鳴し、同じ場所に付けている二人の左肩の「甲」「乙」の文字が赤く光り点滅し始めた。

「まさか二人とも爆発…。ちっ「武」も近くに迫っている…。二人同時なら規模が広がる…うん？　何だ？　ＩＧＡ？　ゴーグルのレンズ上に文字？　…それにまた新手が…」

雲水のゴーグルのレンズ上にはＩＧＡの文字と新しい熱源を知らせていた。熱源の行方は雲水の背後をすでに示していた。雲水が背後を振り返りゴーグル越しで前方を見ると、光の粒子が群がり、その粒子は人の形へと一瞬にして変わっていく。

「コントロールが難しいな、この瞬光は。だが瞬天以上だ。次は…天術断剣」

雲水の前方の人型の光の集合体は、光の粒子が剝がれ大気中に消えて人型の姿が露わになっていた。そして、さっきまで雲水の背後でネットに絡めていた「甲」「乙」の姿はすでに綺麗に消えていた。雲水は「甲」「乙」が消えていることはゴーグルのレンズ上で確認した。雲水の後ろから押し迫っていた「武」も急に光の粒子の中から現れた者に驚き、一旦急停止し距離を詰めるのを止めた。

「クソッ、一瞬デ消エタダト…？　俺一人ダ…。アイツラヲドコヘヤッタァ？　光ノヤツゥ誰ダァーオ前ハァ。戦場ノド真ン中ニ現レヤガッテ、ソコヲドケェ。サモナクバ銀髪諸共、オ前モ斬リ伏セル！」

「武」は「甲」「乙」の消息に怒りを覚え、光の粒子から姿を現した者に矛先を変え、改めて刃を向け直し突進した。

「どこに行ったかなどわからぬ。案ずるな、貴様もすぐ二人の元に行く。天術断剣」

しかし、雲水は現れた者の背中越しから断片的だったが、「武」がグレーの色をした斬撃の波動に襲われ切り刻まれているのが見えた。その刻まれ方は、真空の刃の斬撃が突如現れ「武」の身体だけを四方八方から同時に撫で斬るようなものだった。雲水にも目の前に起こっていることが理解できなかった。

「機械混じりの木偶ごときが私の脅威になるか。ここに来る前にも一人いたが、始末間際に私の前で自爆すると吼えてな。ククッ。だが、私には問題ない。私が嘘をついているか確かめるか…。それとも自爆するか…。どの道私にお前が触れることはない。さぁ失せよ、木偶ごときが。天術断剣」

雲水は目の前で話す声に聞き覚えがあった。そして後ろ姿からでも長身190センチはある雲水の背丈越しの立ち姿、伊賀の戦闘装束に似た服装とガントレットを左手に着けていることで予測がついた。

「天術断剣…何だ空間から出てきたグレーの斬撃の波動は。そして…その声は…間違いない。あなたは正影様。どうしてここに…。私の近くにいた左肩当てに「甲」「乙」と書いていた機械仕掛けがいない…。いや、…グレーの斬撃で消した?」

雲水は自分の周りに起こっている状況を整理することで手一杯だった。しかし、その者は雲水にも気を止めず、ただ目の前を見据えて襲いかかってきた「武」に容赦なく止めを刺し「武」の姿も消えていた。厳密にはその者たちが着ていた服の切れ端と少量の血が空中で飛散していた。機械仕掛けの三人は一人の乱入者の登場によって造作もなく消された。雲水は疑問符の中で警戒をさらに強め、その者が振り向くのを待っていた。その者もその場で立ち尽くし、一人何か手応えを感じながら広げた自分の両手を見つめていた。

「これが天の力…力を増幅することでさらにコントロールが難しくなる。あの木偶共から情報を聞く前に…な。そもそも弱過ぎる。所詮あの程度だろうな。それよりもこの力…もう少しまできたか…真に引き出せば…」

見つめていた両手から視線を外し、辺りを見渡すと構えている雲水が目に入った。そこでたった今、雲水の存在に気がついたような白々しい態度を見せた。

「これはこれはお久しぶりです、雲水さん。相変わらず半蔵の犬ですね。でもそれが貴方の良さでもある。私は嫌いではないです。その忠義心は高く評価しています。あれから伊賀を出て8年…。私もまたこの日を楽しみにしていたということです」

雲水は光に包まれて、さらに、ずっと探していた服部の長男正影の姿を目の当たりに冷静さを欠くぐらいの驚きを表に出した。

「ま、正影様…一体今までどこに…？　それに今のあの術式は？　天術と…。正影様は機械仕掛けを知っているのですか？　それに8年前、なぜいなくなられた？」

「さすが半蔵…どこまでタヌキだ。雲水さんが今の術式を知らないとなると…。まぁそれはこっちの話です。この里を出て8年間、とある研究でここまでかかりました。

そして、私がもうすぐ半蔵を貰い受ける。厳密には半蔵の名ではなく半蔵足るものですが。そのための今日です。そして、雲水さん、あなたにも今後協力して貰います。それはまた後日ということで。いずれその時は私なりの迎えを…。この後も少し用事があります。それに未熟なアイツとはまだ会うべきではない。瞬光もまともに使えない者に時間を要している暇がない。では、これで失礼します。天術瞬光」

正影の身体全身は光の粒子の集合体になり、雲水の目の前で光の粒子へと変化し一瞬で空に溶け込むように飛散して消えた。

「まだ話は…瞬天とは違う…それにたった一瞬でここを片付けたあの力は…？　いや、今は若だ。辺りの熱源は…うん？　レンズ上でまたＩＧＡの文字…なんだ？」

ゴーグルのレンズ上からさっきまで辺りにあった不明の熱源はすべて消えていた。今度は正影が去ったタイミングでまた熱源をキャッチ。雲水の前に現れたのは、正影と同じようにして光の粒子が集合し人型に形成されてから、光の粒子が剝がれ空に消えると同時に姿を露わにした正宗だった。

「行けたか？　う、雲水。ということは成功か。うわっ」

到着直後、正宗のガントレットが火花を起こし悲鳴を上げてショートした。

「霧雨のを接続して良かった。何とかそのエネルギーで来られた。それももう限界か…。大丈夫か、雲水？　敵がいたはず…？」

「はい、戦闘は先ほど終わりました。私は大丈夫です。若こそ、ご無事で。霧雨は？」

「霧雨も大丈夫だ。敵は機械仕掛けだったろ？　三体の敵は？」

「なぜそれを？　若もですか？　敵はもう…」

「そうか。三体相手に…良かった。あともう一つの大きな熱源が…もうない」

「もう一つの熱源を察知できていたのですか？　急に私のガントレットにもＩＧＡという文字がレンズの上に現れて…関係あるのですか？　…今回の新型のガントレット…。若、そのもう一つの熱源は…」

「ま、正影兄さん…」

　話途中の雲水の言葉をかぶせるように正宗の想いが走った。

「はい、それに私も知り得ない力で正影様に助けられました。若とすれ違うように今しがた消えてしまわれた…。しかし、なぜ若も…正影様と似たような術式を。それに術技はできなかったはずが…まさか天術では…」

「そうだ、天術という術式だ。この新型のガントレットでできるようになった力と言うしか今は説明できない。なぜそれを雲水は…まさか正影兄さんも？」

「そうです。天術瞬光…そして、断剣…と言っていました」

「そうか…。俺も村雨教授と会ってこのガントレットに導かれるように。これで（持ち得た者）ということになってしまったかもしれない…。まだわからないことだらけだ。霧雨に言われたが右目はこの通りさ」

正宗は髪を掻き上げて右目をはっきり雲水に見せた途端、雲水はひどく驚いた。

「その右目は…若の身体に万が一が…。村雨教授との約束も果たせました。今日は引き上げましょう。ＩＧＡシステムに…うん？　サーチ能力が広がっている。敵となる熱源がこの大学からは全てもうなくなっている」

雲水は正宗に霧雨以外の熱源はないことを知らせた。

「そうだな、敵はいない。ただ、村雨教授との去り際に村雨教授は後片付けが残っていると言っていた。気になる。それだけは確かめたい」

「他の熱源の反応もないので少しなら…もし危険が及びそうなら直ちに場を離れます。現在の霧雨の熱源でも小さくなっています。そう長居できる状態ではありません。では、速やかに霧雨を拾いに行きましょう。術技瞬天」

正宗はその後、雲水の力により霧雨と合流。三人で村雨のいた地下の部屋に入る前の非常口の扉前まで来たが、扉はもう何も反応はなく開くこともなかった。今の段階では開ける術はなく、ここで三人は村雨を追うことを諦め伊賀の里へと帰還した。

肆章　ＩＧＡシステム

―富士の樹海、伊賀屋敷謁見広間―

村雨再会の翌朝、改めて正晴へ結果報告を行うため、正宗、雲水、霧雨の三人は謁見広間で待機していた。伊賀では複数人での任務の報告は、大抵屋敷の謁見広間、通称大広間に任務に関わった忍士全員が集まり直接報告していた。

正晴が頭首の風格を見せつけて大広間に最後に現れて上座に座るまで、三人はひれ伏して迎えた。

「ご苦労だった。皆、頭を上げよ。して昨日の報告を。雲水」

大広間の場に緊張が張り詰める中、速やかに雲水は正晴に任務時の報告を行った。

「はっ、お館様。今回の任務も遂行完了致しました。大学では機械仕掛けに襲われました。今回は肩に「甲」「乙」が四人と、前にいた「武」と書いた者一人が現れ、忍術を使った者は「武」のみ。若と霧雨が「甲」「乙」の二人と交戦した結果、二人は自爆。また私と交えた残り三人ともう一人は直接目撃していませんが、私だけがその場で再会を果たすことができた正影様によって消されました。襲撃者総数合計六人。今回も機械仕掛けを捕まえることはできませんでした。さらに今回の戦闘で若も力を発揮致しました。それにより今回は霧雨も助けられました」

正晴は正影の名に一瞬反応を示したが、また平静に雲水の報告を聞いていた。

「やはり動いたか…古えの者たちが…。雲水よ、引き続き、ヤッらの動向も警戒せよ。…ついに正影も現れた…やはり村雨教授と。今回の正宗の働きこそがこれからの話になる。それにおそらく…フフフッ、正影は去ったか…狙いは…（天の力）の先…」

三人の忍士たちには正晴の言っていることが理解できなかった。

「クソ親…半蔵様。村雨教授に渡したチップとは？　そのおかげでＩＧＡシステムとかいう変なものが発動した。それで俺は望んでいない力を手にした。俺の身体は？」

「相変わらずの口の聞き方だな。何も知らぬ者が。フフフッ、まぁよい、お前の身体に起こっていることを少しは知っておかなければならないこともある。ＩＧＡシステム。Ｉ＝イザナミ、Ｇ＝ジェネレート、Ａ＝アシスト、システム。イザナミ発現支援システム。イザナミとは血脈の業により受け継がれた力。その力が正宗にもあるということだ。その血脈が覚醒した…これが得た現実ぞ。して正宗、このＩＧＡシステムよってお前には何が発動した？」

「天術…水鏡」

　正晴は正宗が口にした言葉に笑みを隠せずにいた。

「そうか…水鏡か。こんなにも早く…これで開かれるやも知れぬ。この血脈の業で更に前進し…救えるやもしれぬ。だが、まだその時ではない。今回の正宗でわかった。村雨教授に向かわせたリスクはあったが、それを上回るだけのリターンもあった。未だ私と村雨教授は一蓮托生か…。この伊賀の天の力と村雨教授の技術があって成せた。そして、正影と正宗…。共に利害は一致していたが、私との理想が違ったということだな…村雨教授よ。正影が現れたのだからな…覚悟の上ぞ」

　正晴だけ理解し独り言になっていた。正宗はそんな正晴の態度が気に入らなかった。

「クソ親…半蔵様一体何を言っている。こっちはとんだ迷惑だ。所詮過去の迷信のような力だろうが。そんな神通力みたいな力を信じているに過ぎないだけだ。それが忍術に飽き足らず忍術もひっくるめて今は術式なんかと称し、そんな力を餌にこれから火種を作る気か。もういいだろ、力があるから争いが続く。服部家も正式に12代半蔵正義で滅んだ。なのに、まだ伊賀の力を残して村雨教授や正影兄さん、それに今回現れた機械仕掛けのヤツらも狂っている。いや、未だ世の影で服部を生かしている徳川もだ。徳川埋蔵金やらへんなデマ、都合のいい歴史を刷り込ませて世を欺き、未だ影で権力を保持している。徳川が元凶でさえ有り得る。だから伊賀さえ滅べばすべて終わる。研究？　そんなもの徳川と親父の私利私欲だろうがっ」

正晴に対してのズケズケと感情的な正宗の言葉遣いが雲水、霧雨の肝を冷やした。

「何もわからぬ馬鹿が吼えるな。正宗、貴様はこの今の伊賀を何もわかっていない。徳川の支援があるから絶えずにいる。そして、徳川がなぜ我々を守る？　我々の力こそ守るべきものだからだ。お前のその力こそ必ず有する力。その力こそ未来ぞ。いや、その力こそ桜華が願った力ぞ」

「未来？　母さんの力…。んだと、母さんのことを言うな。殺したのは親父だろうが。研究の犠牲になったんだろ。クソ親父が語るな。得体の知れない力を未だ崇拝しやがって…母さんだけじゃない、まだ犠牲が必要かっ。何が宿命の血、血脈の業だ。何が天の力だ。そんな力は忌能だ。呪われている力だ。旧型だろうが新型だろうが俺のガントレットに変な物ぶち込みやがって…こんな物のおかげで…うっ…」

正宗は感情を正晴にぶちまけるも右目から激痛が走った。

「それが代償…。それだけお前に宿る力は大きいものだ。これからその力を制御するため今源内にガントレットを調べさせ、応用転嫁させるための技術開発に動いている。

伊賀の力の制御も碌にできぬバカ息子が…お前こそ自分の母親桜華を語るな。霧雨、もうよい。そのバカを玄斎のところに連れて行け」

霧雨は「はっ」と大きな声で返答した後すぐに正宗の横に寄り、小声で正宗を部屋から出るように促したが、聞く耳を持たず正宗はまた正晴に反発した。

「クソ親父…。なぜあの場所に正影兄さんが…。8年前から姿を消して…この状況は何だよ。伊賀もずっと割れて、挙げ句には人がいなくなっただろ」

「若、口の聞き方を。いい加減にしてください。霧雨、早く若を」

雲水が正宗に対して制止の声をかけ、霧雨も慌ててその場で申し訳なさそうに正宗を取り押さえた。正宗は押さえる霧雨の力に抵抗してその場を離れようとはしなかった。

「雲水よ、話を続ける。正影についてはどうだった?」

「はい、ご立派になられて…。私の前でまた若と同じ天術と…」

「やはり正影も天術か。今までの歴史にはなかったことがこれから起きるやもしれぬ。村雨がさらなる覚醒の可能性を開かせたな。して、正影の天術は…?」

「はい、断剣と…」

「断剣か…。そうか…私の力は…。だが、力は…まだある。取れるなら取って見せよ、正影。やはり、正影の血と20年前のあのブラックボックスか…いや、あの頃の我々の技術レベルでは解除不可能だった。その秘匿性から危険を感じ私がこの手でブラックボックスを破壊したはず…いや、あの時から私を欺き正影が遣って退けるか…データを解読したとでも…。だが、そのデータも今となれば私も知っていた情報だったようだ。その証拠に正宗を里に返してきたのだからな…。そして私はその先にいるぞ、村雨。雲水よ、わかった、もう下がれ。その馬鹿を頼む」

霧雨に押さえられている正宗を尻目に、正晴は雲水の報告と応答に満足していた。

「おい、待て、一方的に話を終わらせるな。クソ親父、教えろ。俺は親父の、この里の半蔵の後釜なんてもんには興味はない。俺は俺だ。俺は服部正宗だ」

正宗だけは未だ食って掛かりそうなところを霧雨が力で押さえ、耳元で制止を促し続けている。が、正晴はそんな正宗の姿に何も感じていない。それよりも正晴は一人でブツブツと自分の世界に入っているようだった。その正晴の態度が気に入らないからこそ正宗は、霧雨の押さえている力を一瞬凌駕して振り解き正晴に飛びかかった。その動きに反応して今度は雲水が一瞬で正宗の前に現れて力で押さえて行動を封じた。

「若、いい加減にしてください。半蔵様が下がれ、とのことです。今日はもう…」

「放せ。俺の身体はどうなっている…術技を使えなかった（持たざる者）のこの俺が、

（持ち得た者）になっている。それも天術なんて今まで聞いたことない術式。こんな忌能が発現してハイハイッって大人しく納得できるか。このクソ親父、説明しろっ」

「正宗よ。これからその身体を自らで知れい。そして、その宿した力を必ずものにしろ。それが今お前のやるべきことだ。その力が桜華を繋ぐ。今のお前では到底話にならん。正影にすら辿り着けぬ。その赤黒い目が力のなさの証明ぞ」

「兄さんを知るためだと？　今、兄さんは関係ない。はっきり言っておく。俺は半蔵になる気もない。このクソ親父がっ、勝手に因果ばっかり作りやがって。俺は俺だぁ」

正宗を押さえている雲水は正晴の顔色を窺った。正晴は雲水に応えるように目で力を抜けと合図を送った。雲水はその命令に従い、正宗を押さえていた力を抜くと、正宗が雲水を超えて拳を振り上げて正晴に飛びかかる。正晴は座位の体勢を変えず、正宗の動きが眼中にないような、蚊でも殺す如く正宗を蔑んでいた。

「半蔵はなるものではない。天によって選ばれるものだ。そして私もまた、天ぞ」

正宗は大きな動揺を見せた。正晴に拳を突き出し顔に当てたはずが、正宗は大きく空振りし勢い余って体勢を崩した。正晴が体勢を崩した正宗の真横に自ら、動くこともなく一瞬で正宗の左真横で座位を続け、無様な体勢になった正宗に「たわけがっ」と一喝放って正宗の鳩尾を殴り、前屈みになって苦しむ正宗を簡単に持ち上げて放り投げた。正宗は大広間の障子を破り屋敷の庭まで飛ばされ倒れた。

「雲水、このバカ息子を任せた。二人ともご苦労だった。下がってよい」

正晴は雲水に運ぶよう指示をして、雲水らも直ちに正宗を担いで大広間を出た。雲水は去り際に正晴の方を見て、部屋にいる正晴の情景に違和感を覚えながらその場を去った。正晴が立ち上がって大広間から正宗が庭で倒れた場所を眺めていると、両拳を合わせた以上の大きさの瘴気の赤黒い集合体が庭で浮遊していた。

「天技天剣を出してみたが…雲水は気がついたか…。いずれわかることになる。私の力がやはり衰え始めている…この両腕が教えてくれている。…一夜で水鏡と断剣。同時代に二つの力を…村雨は本当に成し遂げるとは…。だが、まだ知らぬだろうな、村雨も正影も真の力というものをな。正影よ…資格があるなら辿り着いて来い。この私のところまで。辿り着くことができたならそれが運命だ。桜華…そして、霞よ…私はその時になればその未来を潔く受け入れる。あの正宗がこの力を忌能と…よく言ったものだ。お前にはそう見えるか。だが、その力は桜華だ。これで我が手中に鏡。村雨に正宗の生体データの情報を渡した代償は大きいが…そのおかげで踏み出す…鏡が導く先に。誰よりも何としても早く先に…導いてくれ」

密かに庭の隅で浮遊していた瘴気の集合体は、正晴が独り零した言葉を聞き入れたかのように静かにまた樹海の方へと向かって空に消えていった。

―伊賀屋敷の診療室―

正晴との謁見後、正宗は霧雨に支えられながら診療室の廊下まで来ると、佐助の元気な声が廊下の外まで漏れていた。

「玄斎様、聞いてくださいよ。この前、訓練教場でまた羅刹丸が瘴気毒で口から泡吹いてましたよ～、そん時の顔といったら笑えましたよ。ボクの丸薬で立ち直りましたけど、あの時なかったら今ごろどうなっていたんでしょうね～。これじゃ、羅刹丸より雲水様の指導の方がボクはもっと早く忍士になれているはずっ。…あっ、キリキリッ、雲水様、それに若様…どうなさいましたか？　キリキリに支えられながら…。確か昨日は大変な任務があったばかり…若様の顔色も目の色も悪いですけど…」

霧雨に支えられて正宗が入ると、佐助は背後から三人が入ってくることに気がつき、すぐに三人が部屋に入り易いように道を空けた。

「これ、佐助、霧雨殿から若をベッドに。案ずるな。しかし、また負傷とは…さっ、若、早くベッドへ。若、何がありました？」

雲水が佐助を促して正宗を速やかにベッドへ誘導させて寝かせた。

「ありがとう、玄斎、佐助。まぁ親子喧嘩だ。帰ってきて…これだ。加減はしたんだろうが…だが一発かよ。腹が痛む。最後のあのクソ親父の動きは何だったんだ…」

「それは私も気になりました。霧雨はどうだ？　最後のあの時のお館様の動きは…」

「俺もです。不謹慎ながら若がお館様に手を出された時は当たったと思いました。しかし、お館様は避けもせず当たらなかった。…何かあの部屋が変だった」

「霧雨、私もだ。なぜ瞬時にお館様が若の左真横に…それと部屋を出る時、若の付近の一枚の畳に違和感が…畳が正方形に近い変形をしたように見えたが…」

「畳の形が正方形？　雲水、どういうことだ。俺はクソ親父に当てるつもりで殴った…当たっていた…でも、俺だけ空回りしていた。クソ親父は自分を天と言っていた…」

「俺には若が吸い寄せられたように…。それに天術という術式が今回で初めて知った。お館様が術技はおろか瞬天、瞬空天をはじめてとした術技をお使いになられたところを今まで見たことがないが、昔から不思議な力を使っていたような…。それに若の母君桜華様もまた術技とは違う別の力をお持ちになられていた…。それが天の力で今も尚お館様が続けられている研究では…」

「天とは何か…俺の中にも天術…。雲水、霧雨今後も親父の動きを頼む」

雲水と霧雨は正宗を見て首を縦に振った。玄斎だけは話より正宗の異変にいち早く気がつき、玄斎がすぐに正宗の傷の手当てしながら呆れていた。

「若、話はその辺で。目もですが…少し息も上がっている。連日こうも身体を酷使しているので負担は大きいです…すぐに診ます。それにしてもその身体で半蔵様に刃向かったのですか…。コレッ、佐助、佐助はもう治療が終わっている。お前は自分の部屋で休んでいろ。最近修行に力を入れていることはいいが、認め試験はいつ言い渡されるかわからない。ちゃんといつでも準備万端にしとくのも忍士の役目。準備不足など言い訳にならないからな。休むのもまた忍士の仕事だ。それにここに居られては私の調子も狂う」

佐助は玄斎に言われて不服そうな顔し、目の奥は諦めない星マークで光っていた。

「玄斎さん、ボクもここに居る。ねぇ、いいでしょ、キリキリ？　それに雲水様、邪魔しないから。お願いしますよ、若様っ」

佐助は全員の顔を窺いながらこの部屋にへばりつこうとしている。

「おい、だから、キリキリはないだろ。お前のキャラなら霧雨様だろ。それに俺たちは昨日任務に出てたの知っているだろ」

「知ってるよ、昨日は任務ということは…キリキリ、出たんでしょ、アレが？」

「アレ？　あっそうそう、お前の嫌いな幽霊がな、ハハハッ。佐助わかったか、席を外せ。ガキ相手の話じゃない」

「えぇー子供じゃないよ。確かに幽霊は嫌いだけど幽霊じゃなくて、聞きたいのは機械仕掛け。出たんでしょ？　ね、お願いしますよ、聞かせてください。雲水様、若様」

正宗と雲水は佐助の調子に乗せられて渋々許した。

「へっへっへっ、どっかの誰かさんよりさすが若様と雲水様は話が早い。ボクは大人しく話を聞いています。ハイッ」

「いっしょに居たいだけだろ。若も雲水さんもコイツを甘やかしても碌なことないですから。佐助、大人しくしとけよ。ったく、子守り役の羅刹丸は何してんだ」

「それよりも霧雨殿、佐助よりもあなたです。あなたも傷を負っている。若の後は霧雨殿、その後雲水殿と診ていきます。話はその後です」

玄斎は二人の会話に割って入り、本来の役目に専念して三人の治療にあたった。その時は佐助も玄斎の補助として動いていた。

「…っと、これで診察は終わりですね。ダメージはあるものの雲水殿と霧雨殿の怪我はそう酷くないです。抗力もしっかりあります。問題は若です。抗力の戻りも悪い。そして右目の白い部分にまだ赤黒いのが残っている。昨晩から傷は診ていますが、こうして改めて診れば若の左腕もどことなく重い。おそらくガントレットによる影響が大きいかと…若はまだ無理です。今回で若の身体はいろいろな事が起きています。天術という力が発動したのと右目も何かの関係があります。当分ガントレットの使用も禁止。半蔵様には了承済みです。それと大学への通学もご遠慮を」

「さっき出た…えーっと、天術？　何それ？　玄斎様」

また佐助が卑しく首を突っ込んできたが、佐助の言葉を玄斎は聞こうとしていない。

「玄斎、玄斎は天術を知っているのか？　知っているなら教えてくれ、玄斎」

正宗も佐助の言葉に乗っかるように玄斎に言い寄った。

「若まで…わかりました。私が知っているのは…若も御存じないですか？　昔から伊賀で語られていた御伽噺、天地人です。その御伽噺の中の一節、天を成せた者は地を得、地を育みし者は人を生み、人を統べし者は天を握る。これ世の理《ことわり》…と」

「理？　玄斎様、若様？　天地人？　何ですか？　そんな子供に言い聞かせるような御伽噺…？　まさかそんな話を真に受けているのですか…？」

またまた佐助だけが初耳で頭は迷宮入りしていた。

「御伽噺だが…ただの御伽噺ではない。伊賀で昔からの教えとされ伝えられたものだ。私も伊賀を知る過程でこのことを知った。世の理に天地人」

「玄斎はその天をこの天術のことだと？」

正宗は怖い顔付きと真剣な眼差しで玄斎に問い、内心玄斎は正宗の圧に負けていた。

「では、若の体調も配慮しながら少しだけ。佐助、天地人の噺は、力の均衡で成り立っているという譬えだ。要するに天という力、地という力、人という力で世は成り立っている。どれも欠けてはならない。天は、人にある能力を指しているのか、時という概念を指しているのか。地は、限定的な場所を示すのか、根付くという意味を示すのか。人は、未来を作る者を示すのか、それとも人間そのものの可能性を示すのか。それら全ては本人の解釈に委ねられて明確な答えはない。示さないことで希望という余白を残している。その余白からまた善が生まれ悪も生まれている。だからこそ全ては調和の均衡の先に未来は繋がっている。そこに不可欠なものがある。わかるか、佐助？」

「調和で大事なもの？」

佐助が考えていると、いつになく真剣な顔で霧雨は優しく玄斎の言葉の後を繋いだ。

「佐助、心だ」

「キリキリ、心…？」

「それらを理解するために心が源になる。そして心が想いに変わり動かす。その想いを守る力に変えて影ながら支えてきたのがこの伊賀だ」

「術技、守るための力…」

「そうだ、佐助。想いだけでは守れない。だから抗力の力を借り守るための力を作る。俺らは瘴気を糧に体内で抗力を作っている。抗力を生成する際、瘴気は人間の生命を喰おうとする。その時に体内で瘴気に抵抗しようとする力が生成される。その力を抗力と呼んでいる。瘴気から、いや、全ての負の力から抗い守るという意味で抗力と呼んでいる。これが伊賀の培った大きな力だ」

「難しい…キリキリ…」

「簡単に言えば、人間は風邪をひくだろ。体内にウイルスが入る。これが瘴気。そのウイルスから抵抗するために体内で免疫が活躍するだろ。その免疫が抗力と考えればいい。瘴気を支配する力が抗力。その抗力を生み出せる者こそ忍士。つまり、俺らだ」

霧雨の言葉に、正宗一人だけ落ち込んでいた。

「今まで術技を使えなかったこの俺が…水鏡という力で術技を使えた。これで俺も(持ち得た者)の仲間入り…こんな力が出てくるからまた争いになる。これでは未だ終わらない。…呪われている、俺も一族も。この力は忌能だ」

「でも、そんな凄い力あることがボクには羨ましい。だって、守れるということでしょ。力があるに越したことはないですよ、若様」

「簡単に言うな、佐助。その訳のわかんない力が守る力になるか？」

「それでも今のボクには力がなく、若様に力がある。そして、その力は大きな大きな力ですよね。そして、伊賀はその力を使いこなせる人の集まりでしょ、ねっ、玄斎様」

「佐助の言う通り。だがな、大きな力は争いを増やす。弱い力は守ることさえできない。全ては使う人間の力量、良心にあり、すべては己次第。瘴気を必要とし体内で抗力が生まれる半面、瘴気もまた人に憑りつき生を喰らい糧とする。瘴気、抗力、人。これもまた調和。世の在り方すべては調和。その調和を乱せば必ず因果を生む」

「でも、玄斎様、若様が使えたのは天術でしょ。ボクが知っているのは、雲水様、キリキリ、羅刹丸の術技。それもこれも含めて、じゃ、術式って？」

「お前も伊賀の忍士を目指すなら知っておかなければならない。術式とはな、体内に宿る力を使い術や技を発動させた手段の総称だ。術技や他に瘴気を乗せた体術や剣技、今後天術も含まれる。機械仕掛けが使った忍術も元々は術技の基礎となるものだから含まれる。忍術は情報活動や戦場での戦況を有利にするために火遁、水遁、土遁など森羅万象を司り称して、身を隠し敵の目から欺く時や敵の足止めなどに使っていた。それが抗力の力を使い発展させ、火を操ったり、水を龍に模した洪水を作ったり、土で槍を作ったりと戦闘性を高めていったのが術技。昔は瘴気で戦闘性を高めた忍術は禁忌とされた。佐助、わかるだろ？」

「瘴気毒…ですか、玄斎様」

「そうだ。使用時に瘴気が絡んでくる。だが、伊賀は抗力が備わっていたから瘴気を克服できた。そして、もう一つ戦闘性の忍術には欠点がある。忍術発動まで予め発動させるきっかけとなる道具を介さなければならない。火を使うには、火種になるもの、水なら水に関わる川などを利用して、その上タイミングを計り発動しなければならない。メリットは抗力が要らないから熟練すれば術技よりも有利な力にもなる」

「じゃ、玄斎様、この樹海は要塞ですね」

「そうだ。霧や森、さらには瘴気もある。現在伊賀がこの富士の樹海に里屋敷を構えた経緯もこの地形を利用するためと聞いている。イザナミは代々半蔵様の下で研究を重ね続け術技に紡がれました。この術技の研究はさらに進み、抗力の有無はイザナミから成し得て、イザナミそのものの誕生は何らかの血脈或いは人の突然変異で得たものと…」

　黙って聞いていた正宗は忌み嫌うように玄斎の言葉に反応して付け加えた。

「それが（持ち得た者）と呼んで、クソ親父が御執心に未だ研究しているもの…。そして、この里こそが忍士、瘴気、抗力といったもろもろの（持ち得た者）に関しての情報が最新鋭で最先端の研究レベル。それに深く精通しているのが村雨教授…」

　その正宗の様子を見ながら、玄斎もまた佐助に教えるため正宗の言葉の後を繋いだ。

「ただし、（持ち得た者）の存在や情報は今生きている人には知ることもなく、理解もできない。それでなくても伊賀の皆さんのような方々は元々特殊なため少数ということ。つまり忍士が少ない。これを危惧されているのが半蔵様。直接語られたことはないが、研究に尽力されているのはこれも理由かと思います」

「いっそのこと伊賀なんかなくなればいい、滅ぶべくして…。この伊賀の力のせいで兄さんも村雨教授も狂っているのだろう…。それにまたこの力に魅了されている者も増えた。忍士が増えるのではなく因果ばかりが増えている」

　正宗は少し寂しげに言葉を不器用に地面に投げた。地面に落ちた言葉を拾いまた玄斎は話を続けた。

「若、私に何をどうという結論はありませんが、今まで若は一切術技を使えなかった。しかし、今回の任務で少なくとも天術を発動された。若もまたすでに本来の忍士としての力が備わっていたということ、いやそれ以上やもしれません」

「こんな力が…。俺も知らない異常なこの力がか…」

「その力はここにいる皆さんとは違う力。それは正に半蔵様と桜華様の血が為せたものでは…」

正宗は桜華の名に反応した。その名を口にしてしまった玄斎もしまったと思ったが、時すでに遅かった。正宗は横になっていた身体を起こしていた。

「母さん…。母さんの力を知っているのか…」

「若、すみません。言葉を選び損ねました。ただ私にも桜華様の力の素姓はわかりません。不思議な力として予知に似たような…勘のようなものが鋭かったです。若には申し訳ないですがそう答えるしかないです。その事は雲水殿と霧雨殿も御存じです」

雲水も霧雨も異論なくお互い見合わせてから正宗に向かって縦に頷いた。

「雲水も霧雨もその様子だと詳しく知らないか…。予知に似た勘か…俺の力…」

「若の気持ちを弄ぶような発言になってしまいすみません。とにかくそれらも含めてこれから治療と並行に若の身体の検査もします。私も半蔵様から聞いています、源内がＩＧＡシステムの解明に着手すると。そうなれば何かわかる事が出てきましょう」

また佐助の目の中が星マークになっていた。その表情を見て玄斎は、また口を滑らせてしまったことを後悔した。

「IGAシステムとは…玄斎様、何ですか?」

案の定、佐助は目を輝かせてIGAシステムを聞いてきた。

「若の容態もある、手短にな。私も源内といっしょでまだわからないことだらけで、今までのガントレットの役割として任務時のデータの管理、補助及び忍士間での共有、術技を使う際の抗力のコントロール、抗力のリロード時に瘴気を体内に取り込む補助などをサポートとしたものだった。そこに今回、若のガントレットが新型として…」

玄斎は主に佐助目線で話していたが、急に横になっている正宗に向けて話し始めた。

「IGAシステムが加わったことにより若は天術を発動。村雨教授の狙いはおそらくIGAシステムと若を結ばせたかったはず。元々この伊賀のガントレットは村雨教授が作り上げました。因みに名の由来は昔の伝承で、昔滅んだとされるアトラティナという国の文明の技術で、腕に悪魔を宿らせることで未知の人外の力を行使でき、普段はその力が強すぎるため特殊な籠手、ガントレットでその悪魔を制御していたという話から、村雨教授が完成と同時に名付けて呼ぶようになりました。IGAシステムのIGAとは…」

「イザナミ、ジェネレート、アシスト、システム。イザナミ発現支援システム。その頭文字でＩＧＡシステム。イザナミとは？　玄斎、クソ親父に報告した時に聞いた」

横になっていた正宗が宙に言葉を泳がせるように話に割って入ってきた。

「イザナミとは、先ほど（持ち得た者）の説明をしましたね。忍士の皆さんを指します。古くから服部では、人間の変異種として抗力を持ち合わせた者を、この国の神話のイザナミにあやかり敬意を込めてこの言葉を使用してきました。幾多の神を生んだ伝承から伊賀そのものをイザナミと比喩して、抗力を持つ（持ち得た者）をそう呼んでいたそうです。今では使わなくなった言葉です。そのイザナミを発現支援するシステムとなります。それにより若が天術を発動された…。その仕組みをこれから源内が調査し、さらに村雨教授の狙いの動機、理由を探ります。また今後の結果次第で正影様の動向も見えてくるかと…」

「そのために俺の治療がまず先ということか…クソ親父はあくまでも研究か…」

「さすがに話が長くなってしまいました。若のお心も察しますが、今までずっと姿を見せずに時間が過ぎ、このタイミングで村雨教授と正影様の二人の姿を見せられました。そこに若も天術が発動…これもまた意味が…もしかすればもう時間に限りがあるのかもしれません。今は若に何が起こっているかを早急に調べる。そうすれば事態そのものを若と皆さんで収束できるかもしれません」

「俺はどうあれ半蔵にはならない。そんなために生きていない…。大学だって…」

「若様、贅沢なことは言わないでください。そんな選択すらできずにもがいている者もいるんです。それに…大学はまた行けます。若様は今何も失ってはいません。ボ、ボクには…いや、ボ、ボクは…あっ、時間だ、これから羅刹丸と鍛錬が…。失礼」

佐助は怒り混じりに頭を下げ、寂しそうな後ろ姿を残して部屋を出た。

「なんだ、急に何か怒っていたような…。様子が変だったな…。なぁ、霧雨」

「まぁ若、佐助もまた元よりこの地の者ではない。どんな思いでこの里に辿り着いて来たのか…2年前羅刹丸が樹海で死人のように迷い込んできたところを救助し、やっと佐助も人懐っこくなって…って俺に対してのキリキリは行き過ぎですけどね。こんな辺境になんだかんだ言いながら身一つで2年もの間、生き抜いてきたのですよ。若といっしょでアイツも一つや二つはあるでしょ。少し何か若が羨ましく見えたのでしょうね」

「羨ましい…？　そんなことを言うな。俺は普通でありたい。忍士なんかじゃなく普通の人間でありたい。それは母さんも望んでいたはずだろう…」

「若、佐助もまた若と同じ。霧雨の言いたいことは若だけではないということです」

「まぁまぁ、霧雨殿も雲水殿も若に悪気はないですから。ただ、今後半蔵様には失礼のなきように。半蔵様への振る舞いをちゃんと反省してください。若の周りにいてくれる皆さんにも迷惑がかかります。若はこれから治療の経過を見ながら、次に源内のところになります。無論、拒否権はないです。治療と解析でもろもろ一カ月以上は続きます。右目の具合も気になります。それと佐助には…」

「もうわかった。俺が悪かった。それと佐助には後で謝っておく…だろ。少し寝る」

正宗は静かに診療室のベッドで眠った。正宗の休んだ姿を見届けてから雲水と霧雨も各自のするべき任務に戻った。正宗は正宗で夢を見ていた。前に頭の中で流れたフレーズ。昔どこかで聞いたような懐かしい声が夢の中で再生されていた。

「忘れないで…あなたの持つ力は心だから。心の声の方に未来は味方するから。心のままに信じるのよ」

断片的で整合性のない夢の中で、正宗はその発する声の方向に向かってずっと手を伸ばしながら走り続けていた。

伍章　元伊賀の忍士

―帝天大学の近辺―

村雨再会後、正晴は里の今後のために忍士たちに命令を下していた。玄斎には正宗の検査、治療。源内は正宗が持ち帰ったガントレットの解析。霧雨は伊賀の里の守備、巡回、防衛迎撃任務。羅刹丸には今後を見据えて佐助の訓練強化及び忍士になるための指導の任務を課した。残る雲水には村雨再会5日後に、再度帝天大学の村雨教授がいた部屋及びその周辺を単独再調査するため白昼に侵入させていた。正晴の狙いは大学内での機械仕掛けの情報と村雨、正影に関する痕跡を確認する調査だった。大学内で村雨と会ったのが唯一未熟な正宗だったため、里で実力と共に信頼のある雲水を向かわせた。今回も戦闘ではなくあくまで調査メインの隠密任務だが、雲水は雲水で先の任務の正影の前での自分の力不足が不甲斐なく、内心ではその名誉挽回のためと一人どこか罪悪感に似た感情を抱きながら大学に侵入していた。

再度現場検証に赴き足跡を調べることは伊賀ではよくある任務。ただし、現場を再び訪れるから危険もある。本来は事が起こってすぐに現場検証に赴くのだが、今回5日後の任務になったのは、源内が再度大学内侵入時の扉のアンロックシステムを正宗のガントレットから紐解き、再構築するために時間を要したからだった。

雲水は大学に到着後、まず自分が機械仕掛けと交戦した大学の周辺から調査を開始。少しでも何かないかとゴーグルのサーチを使い入念に調べるが、辺りは闘った時にできた傷が木々や地面にこびりついていただけで手掛かりとなるものはなかった。

「あの時正影様は天術断剣というものを発動させた…そして機械仕掛け三人は消された。着ていた装束の切れ端程度だけを残し、断剣とは…。それと機械仕掛けの禁忌のあの忍術も…。もしかすれば、まだここより若と霧雨が交戦した場所の方が…」

次に雲水は霧雨、正宗が交戦した大学の校舎の屋上に向かった。所々屋上の床や壁が痛んでいる。雲水はゴーグルを操作して辺りの状況をデータにして残した。

「…霧雨がまず「甲」「乙」の二人と交戦。その後、若の援護もあり無事撃退。機械仕掛けの二人はその後自爆。自分たちの情報漏洩の危険からだろう…前といっしょ。…ここも手掛かりはなかった。辺りには忍術による破損はない。機械仕掛けの中にも忍術を使えるヤツと使えないヤツがいることになるな…それに若のガントレットは狙われたが、私のゴーグルは狙ってこなかった…このゴーグル型を知らないのか…？」

雲水は現場状況のデータを撮り終え操作を止めてゴーグルを上げた。

「…残る場所は、若がお会いになった村雨教授の部屋と正影様が大学のどこかで単独で機械仕掛けの一人と交えたと言っていた場所…。大学周辺をひと回りしてから正影様が一人、交戦されたとする跡を探すか…研究室は最後。大学内は源内が作ってくれた偽認証キーとハッキングツールを併用すれば開くはずだが…」

雲水は大学の周辺を一巡して調べたが結局何も見つからなかった。残る大学内の正影だけが交戦したという場所から先に探すため大学内に潜入する。今回の大学潜入任務にあたり雲水は源内から試作段階のステルス機能を追加した戦闘装束を渡され、その実践データ収集も兼ねていた。

ステルス機能は姿をその場の景色と同化し監視カメラ程度なら誤魔化せる。その機能は正常に働き侵入が容易だった。学校内の所々のセキュリティーセンサーもゴーグルを使って可視化させ回避。回避が難しいものはセンサーの電源元になる場所を探しシステムジャックを使い一時的にセンサーを停止、行く先々のドアの解錠はゴーグルのハッキングツールでアンロックして進む。ただし、ハッキングツール使用自体が大学の防衛システムに干渉しバレる危険性がある中で、雲水は大学内の人気の少ない通路の壁に僅かだが壁に斬り傷のような不自然な跡を見つける。だが、ここでも決定的な手掛かりはなかった。その後は、あの日最後に訪れて入れなかった村雨教授の部屋へと繋がる非常用のドアの入り口に辿り着いていた。

「若と違い大学内の奥に入り込むのは面倒だったが、源内のサポートと試験用のステルスがあって何とかこの非常用のドアまで来られた。この先にも扉があって…さらに進む先に生体センサーの扉だったな…よし、まずはこのドアを開くか…。辺りは暗い。気をつけなければ…」

　雲水のゴーグルが反応して目の前のドアは開かれた。ゴーグルを暗視用に切り替えて暗闇の中に続く細い湿気った一本道を歩く。歩いているとその地下の細い道は続くが、途中で道半ばに別の扉があることをナビは雲水に知らせた。雲水もまたナビの案内に反応して付近にあるとされる扉を探すと、ゴーグルのレンズ上で足元に先があることを示す。下に目を向けると正方形の跡が残る入口らしき床を発見する。屈んで正方形の跡がある床を見るとプレートも見つけゴーグルがそれに反応した。

「階段が出てきた…さらに地下とは…それにしてもこんな場所で研究とは…」

　雲水はそのまま床から現れた地下に進む階段を下りる。階段を下りても暗い道は続き道なりに進むと行き止まりの壁に出くわす。だが、ナビはその壁の先が目的地と知らせる。雲水がその壁に触れてみるとゴーグルが反応し壁はドアに姿を変えた。

「これはなんと…。若から任務前に聞いていたが人が容易に入れない地下で、さらにこんな仕掛けのドアもある。この大学はどうなっている？　こんなことが許されているのか…。もう教授とは名ばかりだな…昔から秘密主義だったが…」

扉の横にはまたしても床にもあったプレートがあり、ゴーグルはそれに反応し自動でハッキングツールが作動して解錠に取り掛かっているが扉は開かない。すぐにゴーグルを操作してレンズ上の画面でスキャンモードに切り替えてプレートを調べた。…スキャン…完了。雲水はまたゴーグルにシステムジャックの指示を出しシステムジャックに入る。…ハッキング…エラー…ハッキング…エラー。

「ダメか…。セキュリティレベルが違う、別物か。若の時は村雨教授がいたから入れたか…。源内のお手製でも無理ならドアごと潰すか。潰した後も試験用のステルス機能も使える。逃げるのは簡単だが、この奥の中のものにも影響を及ばす恐れがある。一旦戻って報告か…。いや、それでなくてももう5日経っている。更なる現場状況の劣化が進み必要となる手掛かりを失う確率を上げるだけだ。ここは進むべきだ…奥の手か…ウイルスを送りシステムダウン。使えば大学全体のシステムにダメージを負わせるが即見つかる確率が上がる。この先の中を見てから逃げるだけの時間はあるはずだが、リスクは大きい…」

雲水が判断に躊躇していると扉の横のプレートが勝手に動き出した。その動きに釣られてゴーグルも勝手に反応した。プレートは雲水に向かって赤外線のビームを上から下、下から上へと舐めるように雲水の全身に放射された。ゴーグルのレンズからもアンロックまで20秒と表示され、雲水は何が起きているかわからず警戒しながら待つとドアは開かれた。五感を研ぎ澄ませながら雲水はさらに中へ入った。

招かれているようにも感じつつ中に入ると、部屋はライトが点いて明るくなり、急な明るさで一瞬目を閉じた。すぐに目を開けると、部屋の真ん中に円柱の機械が三つ完全に電源は落ちて立っている。あとは何かがあったであろう長方形の跡や、整った机や棚がいくつも円柱周りにあった。円柱の機械の脇からも筒状のものが天井にあるダクトらしき穴にまで伸びて繋がっている。後は推測できない機材や棚、机に研究で部屋の6、7割ぐらいを占めていた。それ以外資料や情報となるものは綺麗に無かった。雲水はゴーグルを使いながら辺りの記録を残しつつ部屋中を見て回った。ただ部屋に残っている跡は新しかった。

「たった5日前の話。若の報告とは違う。部屋の中に資料があったはず…。この部屋の中にあったものが無い。それを運んだ痕跡もない。この部屋にあったもの消えているような無くなり方をしている。この違和感は…」

雲水が違和感を抱きながら調べているとゴーグルが熱源をキャッチする。ゴーグルの警告に反応して雲水は身構えた。その者は雲水の後ろから急に現れた。雲水は反射的にバックステップで距離を離し部屋の奥に回避。幸い部屋が片付いていたから難なく距離を離し、身の置き場を確保できた。ただ、出入口の扉は一カ所。そして、その付近に熱源はあるが姿は見えない。するとその場所辺りから声だけがする。

「キャキャキャキャ、5日目かぁ、遅かったなぁ、う、雲水ちゃん。ひ、久しぶりの再会、7年ぶりぐらいか、い、伊賀も変わんねぇなぁ。な、習わしの現場再調査…。そ、そりゃ、い、IGAシステムの受け渡しは終わった。だ、だから、こ、ここは、よ、用はない…お、襲ってこないとでも踏んだか？　い、いや、そ、それも見通してのその時のための雲水ちゃんってか」

雲水は声がした方を振り向くと、足元から上半身へとゆっくりと姿が出てきた。全身の姿を晒すと口元まで黒の戦闘装束の服が一体化し、左腕には伊賀と異なるサイズのガントレットらしき物と、両手の甲には雲水と同じ武器種の鉤爪を装着していた。口元より上の頭部だけを晒し短髪の青年が立っていた。その眼光は爬虫類のような目つきで雲水を睨み、小柄で前傾姿勢で身体を丸めて部屋の出入口にいた。雲水もまた両腕の鉤爪の爪を出し警戒を緩めず対峙した。

「その吃り…相変わらずの話し方だな…虚空《こくう》。お前も現れたか…。久しいが感動の再会とはいえない登場だな…ステルスか…背後を取られるとは…技術はやはりそっちが上か。しかし、タイミングが良過ぎる…。虚空、伊賀に帰ってこい。このままではお前もお館様によって…」

襲ってきた者は伊賀の忍士の虚空だった。虚空は身構えている雲水を嘲笑っていた。

「お、お館様によって…あ、相変わらず、い、伊賀の犬だ。ふ、二言目には、お、お館様か…ケケケッ。戻る？　お、俺からすれば伊賀に戻れば、て、手遅れになる。お、俺はやっと里から出て、手に、い、入れたぁ、ち、力を」

自慢気な虚空の薄汚い声が部屋で響く。聞くに耳障りな嫌らしい口調で雲水との屈折した再会を虚空だけは楽しんでいた。雲水は昔と全く違う虚空に警戒を強め、攻撃発動モーションに移る準備をしていた。

「おーっと、へ、変なことは、か、考えない方がいい。こ、こっちも手荒なマネで、こ、殺しちゃうかも？　ククク。や、殺り合っても構わないけどね。で、できるなら降参してくんないかなぁ。な、何も見てませぇーんって、キャキャキャ」

「騒ぐな。年上を敬うことも忘れたか。お前こそなぜここにいる？　村雨教授か…？」

「う、敬う？　こ、これだから、と、歳は取りたくねぇ。そ、それと、そ、その、こ、考察癖止めろよ〜。む、昔から嫌いだったんだ。じ、じゃあ、こ、この部屋は何もないことと、お、俺がいた事は里に伝えていい。そ、それ以外ダーメで、ど、どうよ？」

雲水は虚空の態度と噛み合わない会話に付き合いながら、少しでも聞き出そうとジリジリと後退しつつ時間を稼ぐ。その雲水の動きに虚空はあからさまに不機嫌になる。

「だ、だからっ、い、言っただろう、雲水、お、俺は降参してくれって。アハッ。せ、せっかく、て、提案しただろうがっ。アハハッ」

「にしても、数年でやけに態度が大きくなったな。昔はまだ可愛げがあったのにな」

「じ、時間稼ぎか…詮索するなぁ、な、何回言えばわかる、ど、どマヌケがぁ。お、俺はむ、昔も、今も、お、俺だぁ」

「…わかった。少なくとも才蔵が後ろにいる…。影響を受けているな。これはこれでまた困ったものだ。となると悪来《あくらい》もいっしょが自然…。まぁ連れて帰ればわかる」

「だぁー。さ、才蔵さんや、あ、悪来さんは関係ない。お、俺がいつ言ったぁー」

「やれやれだ。やっぱり悪来もか。その態度がすべてだ。少しは考えて話せよ」

「あぁぁぁ、ヤ、ヤだぁぁぁ。お、俺は考えて話しているぅ。お、俺はか、賢い。う、雲水よりセンスもある。み、見せてやるよ。そ、そのためにクイズでもしようか。お、俺は賢いし、そ、それになぁ優しいからな。特別だよ。キャキャキャ。で、では、エッヘン、なぜこの俺がここにいるのでしょう？」

「楽しみだ、俺よりセンスがあるところを見せてくれ、クイズなどではなくな。それにそのクイズとやらの答えもお前を捕まえてから聞くとしよう」

雲水は話し半分で聞きながらようやく抗力をうまく練り、右手に力を込めた。

「こ、これだからなぁー。つ、捕まえる？　そ、それ本気？、つ、捕まったら二度と外界の空気が吸えなくなる〜。ま、またあの辛気臭い森はイヤッ。そ、それに、つ、捕まえられないよ。う、雲水ちゃんは。た、試してみてよ。そ、それに強いところを見せなきゃね〜。あ、相手になるよ。ア、アチョ〜」

雲水の右手いっぱいにはすでに電気が帯電して、辺りに放電しないように右手全体で雷が集約され維持されている。その右手を当てるために一瞬で詰め寄るための踏み込みの前傾姿勢になっていた。

「な、舐めてるね、キャキャキャ。あーあー、そ、それって術技紫電だ。ら、雷光掌のアッパーバージョン。アハッ。も、もう、つ、突っ込むよね。ほ、本来なら球体の方が威力は大きいが、き、球体を形作るには時間がいる。そ、それを無くすため、さ、最初から形作らず、て、掌で雷を帯びさせるだけに留め、あ、相手の懐まで接近後に制御した、か、雷を瞬間にそこで一気に開放。あ、当たれば一溜まりもない。う、雲水ちゃんの、し、瞬発的なスピードも兼ねたこ、高度な術技。う、雲水オリジナルだ」

「解説ありがとう。わかっていても避けられるか？　術技…紫電」

「ど、どういたしまして。つ、ついでに弱点も、さ、曝け出しちゃってさ」

虚空は雲水の動きに対して万全と言わんばかりによく観察しながら戦闘態勢の構えを作り迎え撃っていた。

「む、昔の俺だったならね…た、ただね、い、今のお、俺にはダ、ダメだね。だって、コ、コイツがある、ガントレットがぁ。アハッ。う、動きは読んでいる。み、右手で紫電を準備していた時からもう読んでいるぞぉ。そ、それに油断したな。さ、さっさと捕まえないからだぞぉ。や、優しいねぇ、う、雲水ちゃん、へ、反吐が出る。いくら速くても、じ、弱点は直進の動きだぁ。た、単調なんだよ。そ、それにすでになぁこっちも仕上がってんだよぉ、こ、このどマヌケめっ。術技、ど、毒雲」

虚空が先に自分の周囲に白い煙を一瞬で発生させ散布した。その煙を隠れ蓑にしてすぐに虚空は姿を隠した。

「まずいな…接近させせないためか…。毒の発生スピードも速い。一瞬で終わらせようとしたのが甘かった。紫電の準備にも時間が少し掛かった…言うだけはあるな、昔と違う。それに新型とステルス…。危うく突っ込めばタダじゃ済まない…クッ…仕方ない解除だ。術技瞬空天」

雲水は咄嗟に紫電発動を途中で解除して詰め寄る事を諦め虚空の動向を注視した。

「い、いい判断。せ、正解。そ、そのまま突っ込んでいたら、ど、毒を吸って終わりだった。で、でもねぇ、ふ、不利なのはまだ変わらない。も、もう少し状況を補足してあげるね。サ、サービス。し、白い霧の範囲はね、2~3メートル。そ、その今いる距離なら大丈夫。そ、それと、そ、そのゴ、ゴーグルのサーチ能力では捕捉できない。だ、だって、こ、こっちのス、ステルス機能を暴けないんだから。で、でも、こ、このじ、術技の、デ、デメリットでもあるんだなぁ」

虚空は白い霧の中で雲水を嘲笑う。白い霧は部屋内の景色に溶け込むように消え、また余裕綽々の虚空が姿を現わした。

「いかにもお前は俺より上と言いたいようだな。隠れる…シャイなとこは健在か」

「ククク、う、雲水ちゃん、い、言っただろ、む、昔の俺じゃない。まぁこ、このじ、術技は、そ、即効性を担保に、し、白く可視化して範囲がバレてしまうのと、け、継続時間が、み、短いのが玉に瑕。そ、それでもねぇ、ど、毒は生物に対して、む、無類の強さ。ど、毒は、せ、生物にとって、て、天敵、アハッ。ま、まだ、こ、こっちは、こ、これだけでは、お、終わらんのよ。術技毒散」

　雲水は息を止めながら虚空の距離を保ち立ち回る。虚空は術技を繰り出す時、一瞬雲水に向けてにやりと目が笑い、無色の毒であろう何かを大気中に撒き散らした。雲水はゴーグルを着けると毒の範囲を確認できた。さらに制限を強いられる部屋で少しでも距離を取る。虚空もその動きに合わせて少し甚振《いたぶ》るように距離だけを少しずつ詰めるも、決して雲水まで接近はしなかった。

「そ、そんなに、逃げても、も、もう後がないよ。こ、こっちも毒散の範囲がバレているかぁ。お、鬼さんが追いかけるよー、は、離れないとデッドだよ。こ、こうでもしないと、わ、わざわざ予定を割いてまで、き、来てるんだから…じ、時間もない」

「…よくしゃべるな、才蔵の影響か？　この毒散…に即効の致死性がないのか？　もしやさっきからジリジリと…待てよ…狙いは俺か…。正影様が迎えにとは…これか。俺は初めから乗せられていたのか…」

　虚空は雲水に目的がバレても堂々とニヤニヤ嘲笑う。

「ど、読者もそろそろ飽きてくる頃だね。お、終わりにしようよ。ち、著者も展開を考えるのに必死みたいだし、こ、ここは、こ、虚空様が著者を助けよう。あっ、こ、これはう、雲水ちゃんには、か、関係ない。こ、こっちの話。ページ使い過ぎだから。そ、そろそろ動くよ。アハッ。う、雲水ちゃん、よ、よく気がつけたね、ク、クイズは正解だぁ。そ、そうだよ。さ、最初から、う、雲水ちゃんの捕獲。そ、そしてぇ…」

　急に雲水の身体は不自由を覚えた。何も攻撃を受けていないのに身体が思うように動かしづらくなっていた。力も抜け抗力もいつの間にか練られなくなっていた。

「くっ…なぜだ。身体が痺れている…。目も少しかすみ始めた。抗力も身体から抜けているような…いつの間に…」

「あ、あーら、な、なんてことでしょう。キャキャキャ。い、言っただろ、つ、捕まえられないって。そ、そもそもここに入ってきた時点で、す、吸ってるんだから。お、俺のし、新術技、置毒《おきどく》。ほ、捕縛専門の術技。し、新型のおかげで可能にした力だ。さ、さすが新型だなぁ、こ、これが、お、俺の今の力だ。み、見たかっ。お、置毒で予め部屋中を毒塗れにして、ど、毒散でさらに、毒の威力をか、活性化の、に、二段構え。こ、この置毒の仕込みこそすべて、ジワジワ苦しめ狩る。お、置毒は、そ、そのゴーグルじゃ見分けられなかったね。ど、毒雲は、お、脅し程度、う、雲水ちゃんが警戒して、へ、部屋の奥へ、に、逃げて貰うため。それに、さ、最初からこの部屋は、ほ、捕縛の囮部屋としても想定している。き、今日のような日のために。だ、だから、出入口が一カ所。そ、そして、い、伊賀の習性も相まって…ケケケッ。そ、そんでノコノコと…。こ、こうなること全て計算通りぃー。き、聞こえているか？アァン？」

「クソッ…毒が強い。力…力が入らない。すでに身体が鈍っていたのか…」

「ま、まともに相手しても、た、太刀打ちできない。ま、まぁ、この場所なら紫電みたいなスピード重視のじ、術技が有効も、よ、読めていた。こ、この場所、み、密室だからな。ス、スピード重視って考えたんだろ。で、でもこっちも優位な、ば、場所で、い、生け捕りには毒の、み、密室に限る。だからぁ、お、俺から打って出たんだよぉ、か、勝ちの確信があったからな。なっ？　う、動けないだろ。ハハハッ」

「お、お前、だから時間稼ぎをしていたのだな…。ど、毒を吸わせるために…」

雲水は残った力で目の前まで寄ってきている虚空を何とか術技で応戦しようと試みるが、右手を集中させても身体に毒が回って抗力も練らない。それどころか意識が遠のき、ついにその場に倒れ込んだ。その状態を見て虚空は捕縛に入った。

「もう詰んでるんだよ。ハイハイッ、大人しく。って、もうギリだねー。ピクピクしてよ。捕縛命令さえなければまだまだ力を試したかった。これなら風が吹いても空気中に毒を…、いや、毒そのものさえコントロールできるな。まだまだ改良の余地有り。

捕縛はつまらないし、ストレス溜まるけど伊賀よりは断然たのしっー。あっ、吃りが治って…って、そうそう一人なら吃らないんだ。昔から気に入らなかったんだよ、その上から目線で…。さぁ、帰ろっ。捕縛任務完了だし、その前に念のため…」

雲水の意識は完全に失い、毒による痙攣が起こっている身体に虚空は悪戯に雲水の腹を目掛けて蹴っていた。

「オラァ、痛ぇか。もう一つおまけに、ウラァ。俺の気にしていること言いやがって。これでよし、雲水の制圧完了。一丁上がりっ。正影様はちゃんとお迎えって言われたけど、これでいいんだよね…ねっ、著者さん、読者さん。で、でも著者さんには褒められても嬉しくない。お、俺は著者さんの駒でもなぁーい。俺はぁ読者の味方、毒者だけに。うん、うまい、うまいぞ、俺、天才だぁー。読者と毒者だから。アハハッ。さ、才蔵さんに、ほ、褒めてもらえるかな。む、村雨教授から、サ、サンプル貰え…、あ、あれぇーま、また、ど、吃っている。アハッ、アハハハッ」

蹴られた雲水は動かなくなった。虚空は完全に雲水を戦闘不能にさせ捕縛し、その余韻からか無邪気な笑い声を残しながらその場を去った。

―伊賀訓練教場―

大学再調査任務以降から雲水の連絡は途絶えたことで、里では最優先任務事項に雲水捜索も加わった。まだ傷が残る霧雨と佐助監視役の羅刹丸、忍士見習いの佐助さえも使い、正晴は雲水の捜索任務を命じた。三人は霧雨を中心としたワンチームで帝天大学に向かったが、決定的な手掛かりを得ることはなく帰還。捜索は数日を使って行ったが進展は見られず、里の守備の状況を鑑みて正晴は一旦捜索を中止した。伊賀の忍士たちももどかしい日々を送ることとなる。佐助と怪我の正宗以外の残る二人の忍士たちで雲水のいなくなった分を補うように里を警備して守っていた。佐助だけはまだ忍士ではなかったため、日頃の訓練の合間に単独で雲水の捜索を続け範囲を独自で広げ粘っていた。

捜索を中止した数日後、佐助は僅かながら毒を受けて里に帰還してきた。その毒を正晴が調べると虚空の毒と判明し里の忍士に告げた。さらに正晴は虚空一人の仕業ではなく、後ろにはさらなる暗躍がいることも容易に予想できた。そこで安易な単独行動はこれ以上危険と判断し雲水の捜索への深入りを固く禁じた。本来なら佐助は命令違反となり罰となるが、毒を負いながら持ち帰った功績でお咎めはなかった。むしろ、正晴の中では佐助の独自の探索力を高く評価することになった出来事だった。

佐助の話を少し…佐助は里に来て2年になる。当時は樹海の中で捨て猫同然で息も弱っていたところを羅刹丸が巡回任務中に偶然救助し、独断で里へ連れ帰った。羅刹丸はその時佐助がどこか自分と重なり助けてしまったということだった。当初正晴は伊賀の秘密保持のため佐助を処分しようとしたが、瘴気で方位が狂い地図など書き起こすことが不可能な樹海の中を、瘴気に耐えながら樹海のど真ん中辺りまで佐助は侵入していた。この結果から佐助には潜在的な抗力が備わっていることを正晴は見抜き、里の人材不足解消を理由に迎え入れた。迎え入れるにあたり佐助の全責任を羅刹丸に課し、羅刹丸が佐助の監視及び指導係をすることになった。それからは羅刹丸の下で佐助は生きることになったが、なぜ2年前樹海に迷い込んだのかは話そうとせず羅刹丸も未だ知らない。

雲水がいなくなり一カ月が過ぎ、里でも正宗の怪我が快方に向かい、身体の調査が源内によって行われようとした頃、正晴は佐助の今後を見据え伊賀の訓練教場に行く指示を直々に出し訓練教場に向かわせた。正晴の判断で生かされ羅刹丸の監視下でようやく佐助は念願の日を迎えることとなる。そして、伊賀にとってもこれからを左右する大事な一日を迎えることになる。

「お館様の命令で訓練教場に来たものの誰もいない。いつも通り羅刹丸がいると思ったけど…。じっと一人でいると訓練教場の瘴気の濃さが否応無しにわかるな。なんか若様が帰ってこられてからいろいろあったな。ようやく若様も回復されたけど、まだ本調子じゃないみたいだし、雲水様も虚空とかいうヤツの仕業って…。おかげでボクも毒で当分動けなかったな。今じゃ一手に割を食っているのがキリキリと羅刹丸か…。だから、早く忍士になって助けなきゃ…ってのが表向きの理由で…ガントレットが早く欲しいが本音だけどな…」

伊賀の里全体から富士山にもっとも近い場所が訓練教場。また富士山と瘴気は深い関係にあることは伊賀では常識だった。富士山への中枢に近づく程濃い瘴気が溢れて、溢れ漏れた瘴気が富士の樹海にまで伸びている。が、肝心の中枢には瘴気が濃すぎて人は侵入できない。伊賀も奥までは調べていない。世間では、富士の樹海が未知過ぎて自殺の名所や呪われた迷信やデマみたいなものがひとり歩きし恐れられてきたが、実際は瘴気が影響していることは知られていない。徳川はその背景をも利用し、明治以降から今日まで150年近くの年月を服部一族に守護させ、富士山にも繋がっているこの樹海の瘴気を独占的に研究し続けてきた。

息苦しさを感じなければ、150年近くに及ぶ因縁なんか最初からなかったぐらい、見事に澄みきった青空の下で綺麗な富士山を見ながら、佐助は誰となく待っていた。

「隙ありぃ～」

節操なく羅刹丸は佐助の背後からハリセンで頭を狙った。佐助は不意をつかれた。

「痛ぇな。卑怯だぞ。そのハリセン。貸せよ。一発な」

「甘いなぁ～、佐助はぁ。今ので死んでたねぇ。それともこの羅刹丸様を舐めていたのかなぁ～。いつも僕の方が先輩なのに言葉遣いに敬う心がないからなぁ～。今日は罰としてこの後の課題の後に追加で実践組み手100本っ…って、ごめぇん、ごめぇんってぇ～。痛いよぉ～」

佐助は羅刹丸からハリセンを無理やり取り上げ、躊躇なくやり返していた。

「あぁ～逆らったなぁ。こっちは指導係だよぉ。先輩だぞぉ。ハリセン返せよぉ。お館様に報告だぁ」

羅刹丸はすぐに佐助からハリセンを取り上げて背中にしまった。

「変な登場するからだろ。それに小学生じゃあるまいし、保護者かよ、お館様は。言いつけてやるなんてガキかよっ、羅刹丸。何が罰だよ。追加の鍛錬の組み手も無し」

「僕は佐助よりえらいんだぞぉ。それに相手を油断させることは兵法の一つぅ油断をしているからだぞぉ。まぁ最初から組み手なんて考えてないよぉーだぁ」

「わかった、わかった。そんなだからいっつもキリキリに怒られているんだよ。…ったくよ。でも引っ掛かる。今日の羅刹丸の現れ方が攻撃的というか積極的だ。実践的な訓練か？　散々忍士具の取り扱いと瞬天の訓練は終わっているとなると…？　今日の課題は…ついに」

「そう、佐助はこの前の探索任務の成果といい、察しがいいぃ。お館様から直接言われたろぉ、ここに来るようにと。今日の課題は認め試験。忍士になれるかなぁ～」

「そうそう、術技訓練…って、えっ、今さらっと大事なこと言ったよな。今忍士の認め試験って言ったよな。なぁ、羅刹丸。よっしゃーこれで忍士になれる。相手が羅刹丸。簡単だ。さっきは不意だったからな。認め試験は大丈夫。楽勝だ」

佐助は忍士のためのスタートラインの試験に武者震いしながら高揚していた。

「術技訓練は忍士になってからぁ。お館様の許可もいるからねぇ。術技瞬天は使っていいからね。でもまだ難しいかなぁ、佐助にはぁ。だって、まだ忍士じゃないからぁ。随分自信あるようだけどぉ、勝負だねぇ～。内容は互いが身に着けているマーカーを取った方が勝ち、スティールだぁ。認め試験の恒例だけどねぇ」

「わかった。盗れたらさらにご褒美にこの里の話をしてくれよ。弱みとか秘密ネタでいいから。この里のレアネタかコアネタ、どっちでもいいぜ」

「えぇ～。そんなこと話したら怒られるよぉ。わかっているだろぉ。情報は命。忍士の鉄則ぅ。そんなことしたらダメだよぉ～」

「じゃ、羅刹丸が負けなければいいだけだろ。あっ、あとガントレットは無しだからな。いくら試験でもこっちはまだ忍士じゃないから。それはわかるだろ」

「それはわかってるよぉ。強気だねぇ。元々使う気なんてないしねぇ、佐助程度ならいらないよぉ。じゃ、このマーカーを肩に貼ってぇ。僕は左肩に貼るからぁ。マーカーどうにかして先に取るんだよぉ。何使ってもいいから。ルールはそれだけぇ～」

「わかっている。じゃ、ボクは右肩に貼る。羅刹丸から取って忍士になるんだ」

「じゃ、始めるよぉ。ここで僕が佐助の先輩って教えなきゃ立場がなくなるよぉ」

　さっきまで辺りは晴れていたがすぐに曇りだした。二人の頭上には一雨降らせそうな雲行きが上空で広がり、一つの雷鳴が辺りに轟いた。

　二人とも一旦後方に飛び牽制しながら様子を見ていた。互いの距離は目視できるが、駆けないと容易に詰められない距離を作り対峙した。強く風が吹く。向かい風に逆らうように構える佐助。羅刹丸は追い風を利用して勢いで詰め寄ろうとタイミングを計る。最初に動いたのは佐助だった。風向きの不利な状況を消すために羅刹丸を中心に佐助が時計の針の動きでなり、距離を保ちながら向かい風から追い風になるようにポジション取りの移動を開始。羅刹丸もその様子を見ながら佐助の行動に敢えて合わせてその場で身構える。佐助の位置は少しずつ追い風になる位置に、反対に羅刹丸は追い風から向かい風を受ける位置に変化していた。しかし、風はどちらの味方につくこともなく止み、今にも雨が降らんばかりの上空で雷の音が空で混じり合っていた。

「風がなくなった…。となればこっちが速い、有利。行くぞっ、羅刹丸」

「有利ぃ？　敵に向かって今から行く時に行くぞぉはないでしょぉ～」

佐助は羅刹丸に向かって突っ込みながらどこか企み顔で微笑む。羅刹丸も直進で向かってくる佐助に合わせた。佐助は羅刹丸の目の前まで来てから、一瞬で目の前から残像だけを残して消えた。羅刹丸は佐助のフェイクの先を読み、次に佐助の実体が現れる場所へと移動。読みは当たり、佐助に触れられる距離まで接近できていた。羅刹丸が手を伸ばし、佐助の右肩に触れる寸前で佐助にしてやられた。

「忍術残像が読まれてるのは計算通り。だから、かかったなっ、羅刹丸。忍術変わり身だぁ」

佐助は等身大の丸太に変わって実体の佐助がいなくなっていた。

「甘いよぉ～。変わり身ってことは…そう遠くないところにすでに本体はある。佐助が考えそうなのは…今僕が立っている場所。さっき僕と対峙しながら移動していたラインに仕込んだねぇ。その場所をわからずにいると思ったぁ？　そのラインにおびき寄せているのはわかっているよぉ。それで隠れたつもりぃ？　狙いは僕の地面の下ぁ、忍術土遁で潜ったなぁ。でも、僕は土使いだよぉ。わかるよぉ…行くよぉ術技土返しぃ」

羅刹丸はその後の佐助の行方も察知し、実体を曝け出すため羅刹丸は右手を集中させ、自分の足元の地面の土を掴み絨毯を捲り上げるように、上空に向けて高々と力任せに地面を剝ぎ取る。

「捕まえたってぇ…。あれぇ〜地面の下にいないなぁ」

「敵に向かって行くよって…羅刹丸が言うなよ。甘いんだよ、羅刹丸。貰ったぁ」

佐助は羅刹丸の頭上にいた。羅刹丸が地面を捲り上げた土の絨毯といっしょに張り付いていた。捲り上がった土の絨毯の裏で張り付く佐助は、土の絨毯を足場にして蹴って離れ、勢いよく羅刹丸まで落下、佐助は羅刹丸の頭上から左肩に手を伸ばす。羅刹丸は佐助が忍術分身で残像を作り、自らを囮として誘導し忍術変わり身で土をひっぺ返した裏から仕掛けてくる佐助の成長が心強く思えた。佐助の動きに応えるように羅刹丸も少し左手に力を入れ抗力を集中させる。

「術技、天地金剛ぉ」

さらに左手で自分の真下の地面をひっくり返して、羅刹丸の身体ごとを覆うマントのような盾を作り、そのまま前方上空からの佐助の行動を遮った。

「二段構えって、こっちはまだ忍士じゃないんだぞ。それに連続発動こそが術式全てに通じて単純ながら高難易度。抗力の消費や準備もタイミングも何もかも大掛かりになる…それをボクに…ならこっちも実践は初めてだけど一か八かだ。もういっちょ、忍術変わり身」

さらに佐助は忍術変わり身を使い等身大の丸太が現れた。

「それってぇ連忍術…オールドテクノロジー。まだ仕込みがあったのぉ？　しまったぁ、瞬天…」

佐助の実体はすでに羅刹丸の背後の左脇に現れていた。羅刹丸は左手の術技の解除をさせようとしたが、その隙に佐助はにんまりと左脇から身体を入り込ませた。

「貰いっ」

勇ましい声とともに佐助は背後から左肩に付いているマーカーを取った。

「参ったぁ。降参だぁ。里に来て2年、瞬天も使えるようになってぇ…すごい成長だぁ。瞬天も織り交ぜてぇ…うんうん。嬉しいなぁ。これならお館様にもちゃんと報告できるし、今の様子も見てもらえれば忍士に認められるよぉ。あくまでお館様が決めることだからぁ。僕はそれに従うだけだけどぉ。でも、この頑張りはちゃんと伝えるよぉ。なんせ僕は佐助の教育係だか…」

「わかったわかった。羅刹丸はボクの教育係であり命の恩人だろ？　感謝しているよ。ちゃんとお館様にはこの出来を伝えろよ」

「わかっているよぉ。もうこの内容なら合格だしねぇ。それにしても高難易度の連忍術、変わり身をやってのけたぁ…佐助どこで連忍術を知ったぁ？　それに一回目の仕込みは分身の術を使ってから瞬天で僕の足元の地面にいたぁ。でも、二回目はどこで変わり身の移動先を仕込んでいたぁ？　僕の背後に仕込むような場所はなかったぁ」

「何寝ぼけてんだよ。連忍術も努力、努力。ボクの独自の秘密の特訓の結果。瞬天もちゃんとうまく発動できただろ。まぁまぐれに近いけどな。でも、確か…情報は命、だろっ。なーんてな、特別に教えてやるよ。二回目の変わり身の移動先の仕込みはすでにしていた。実はハリセンを手にした時にな。いつもの癖だよ、癖。日頃から仕込み札を仕込む癖が役立った。羅刹丸は左腰にハリセンを差していただろ。あと連忍術はたまたま里の書庫があるだろ？　あそこで夜な夜な入ってな…まぁ閲覧…」

「僕より才能ぉあるかもぉ。書庫かぁ…ってぇ、禁じ手を扱うところの部屋は簡単には入れないぞぉ、忍士にならないとぉ。どうやって入ったんだぁ？」

「えぇーあぁーアレだ、これも努力の賜物だ。に、忍士たる者努力怠らず。まぁそこはこっそりなぁ…企業秘密っ。女子にも秘密の一つや二つはあるもの。それを聞くなんて地雷だよ。嫌われるよ。羅刹丸は書庫より団子でいいだろ」

「佐助の秘密じゃなく書庫の入り方を聞いているだけぇ。怪しいなぁ…。それとぉ、こう見えてもぉ佐助は想像できないかもしれないけどモテるんだぞぉ。僕だってぇ男の色香でぇ秘密の一つや二つぅ…」

「わーった、わかった。自分でモテるっていうヤツほど実際はどうだか。それよりも痩せなよ。だから、ボクみたいなヤツにあっさりマーカー取られんだから。それに羅刹丸のモテ具合なんて興味ない。羅刹丸が言うその慕ってくれている人なんかに自慢しておけば」

「もういいぃ。報告しに戻るよぉ。こんなヤツが忍士かぁ…先が思いやられるよぉ」

「こっちもこんなヤツが命の恩人とは…。それよりこれでガントレットが許可される。こうなればボクは…うん？　羅刹丸、ガントレット見ろよ。なんか反応してるぞ」

　羅刹丸の左手のガントレットから他の熱源の反応をキャッチしていた。佐助は羅刹丸の左腕を捕まえて、羅刹丸のガントレットのディスプレイの情報を見る。

「おいっ、羅刹丸、この反応は？　かなり近い…それに熱源の大きさがでかい」

「この熱源の大きさ…。く、来るぞぉ。佐助っ。それよりも早く館に戻る準備をぉ」

羅刹丸もその情報を知るやいなや少し額から汗が流れていた。熱源の大きさから羅刹丸は正体を予測できていた。佐助も羅刹丸のガントレットを再び見ることはなく、来たる者への警戒をし熱源反応の方向を睨んだ。そして、その時はすぐに訪れた。


―激突―


羅刹丸は怖い顔で近づいてくる熱源反応の方向を睨む。

「ガントレットの熱源データ…やっぱり…この熱源はぁ…才蔵さんだぁ」

「おい、才蔵って…。たしか…それ伊賀の者だろ、虚空ってヤツのように…？」

「だめだぁ…佐助を逃がす時間がないぃ。でもぉ、何としてでも佐助を里に。なるべく僕の後ろにぃ。佐助は知らないと思うけどぉ、才蔵さんは正影様の直系の部下で強烈な人でぇ強い人だよぉ…あっ、才蔵さぁん…来るぞぉ…来たぁっ」

佐助が羅刹丸の後ろに下がり身構えている間に二人の前に颯爽と才蔵は現れた。

「いや～お久しぶり、羅刹丸。モテそうにないアンタがデート？　意外だわ。これは失礼したわ。ガキの遊びに興味ないわ。さっさとここから立ち去って」

「羅刹丸、これが正影様の部下？　男だよね？　レオタード？　強烈…。オカマだよな…」

「佐助、その言葉は禁句ワードぉ…。って、もぉう、遅いぃ…」

　羅刹丸の忠告も空しく佐助の言葉に才蔵は反応して豹変していた。

「おいっ、そこのクソガキ。今なんて言った？　オカマだと…この青二才がぁ。アタシはアタシよ。舐めんじゃないわ。それに正影様とアタシが部下だと？　知らない小娘が調子に乗るな。アタシと正影様の関係を主とペットみたいな言い方しやがって」

　才蔵は一瞬で羅刹丸の背後に移動して、羅刹丸の後ろにいる佐助の目の前に現れた。羅刹丸が背後を振り返った時には、左手一つで佐助の喉を掴み持ち上げた。佐助は何もできずに宙で足をバタバタともがくしかなかった。

「あら、口が悪くなったわね、ごめんね、テヘッ。少しは口の聞き方に気をつけなさい。それにアタシと正影様はソウルメイトよ。勝手にアンタの固定観念を押し付けないでよ。わかった？　アタシは女よ、女。それと羅刹丸、相変わらず遅い」

　首を締め上げられて返事ができない佐助に、才蔵は苛立ちを見せながらも楽しんでいる。羅刹丸は遅れながらも背後の才蔵に気がつき、すぐさま振り返った。

「佐助を離せぇ。才蔵さぁんでも許さぁん。術技土槍ぉ」

羅刹丸は才蔵の背後から土で作り上げた鋭い槍に右手が変化し、才蔵に向けて突きを繰り出した。それに反応し才蔵も弄ぶかのように笑みを浮かべ佐助を投げ捨て、迫りくる羅刹丸の土槍の先端だけを上手に蹴り上げると同時に、蹴り上げた反動を利用して後方へバック転を織り交ぜ距離を作り離れた。佐助は屈みながら咽び続けていた。

「危ないわね、アタシがかわしていたらその小娘ちゃんにブッスリだったわよ、感謝してよね、ウフッ。それにその小娘に恋でも？　ねぇ、羅刹丸もお年頃だもんね。20歳も過ぎれば自然。アタシはてっきりそんな話には無縁って思っていたわ。今日は何の日かしらね、よく見るとデートには見えないわね。何でアンタたちがここにいるのよ。おかげでバレちゃったじゃない。勝負服を選ぶのに時間かけ過ぎたわ。虫が嫌だったからこのルート選んだけど仇になったわ。それにとんだマヌケに見つかるとはね…。伊賀も昔じぁないってことね。でもまだまだみたいだけどね」

恐怖が混ざりつつも覚悟を決めた顔で羅刹丸は強く才蔵を睨む。投げ飛ばされた佐助も立ち上がり、呼吸の乱れを整えつつ会話に割って入る。

「ゴホン…ゴホッ…お、おい…羅刹丸…お前、さっきモテる…とか言ってたよな…そこの才蔵が言ってただろ…それに考えて術技を使えよ、殺す気か。それとなぁ、才蔵…マヌケはマヌケだけど羅刹丸はいい友達だ。少なくともボクにはね…」

「佐助ぇ、友達？　いやいや、佐助、僕は佐助の指導係ぃ。上司だよぉ。友達じゃないよぉ。そんなことより今は目の前ぇ。呼吸を整えろぉ、僕の合図でぇ…」

「こんな時でも何先輩風吹かしてるんだ。羅刹丸はただの食いしん坊だろうが」

羅刹丸は少しタジタジになっていた。佐助は呼吸の乱れを何とか整えていた。

「なかなかお二人は気が合っているわ。まぁ人の恋路なんかどうでもいいけど、特にガキの恋愛なんて暇つぶしにもならないわ。アタシが大人の恋ってヤツでも教えてあげようかしらね。お二人さんにはレッスンのお時間よ、カモーン」

才蔵は二人に向けて艶かしく手招きをしている。

「うるさいっ、何がカモーンだ。こっちもコイツと付き合っているだと…んなわきゃねぇだろ。勝手に決めるな。やっと呼吸が戻ってきた。強く絞めやがって。あんな変なヤツにやられてたまるか。ボクは今日から正真正銘伊賀の忍士だ。行くぞ、羅刹丸」

「佐助ぇ、僕に向かってコイツはないだろぉ。立場は僕の方が上…。それに忍士はまだだけどぉ…まぁ細かいことはいいかぁ。わかったぁ、行くよぉ。佐助…術技岩壁甲ぉ」

佐助も忍術の発動のために下準備をこなしながら、才蔵の背後を取ろうと動く。羅刹丸も右手の土槍は解除せず、左手には術技岩壁甲で自分の身体を守れる大きさの分厚い土の盾ができていた。西洋の騎士のような構えで才蔵の攻撃に備えると同時に前方へいつでも突進できるようにもしていた。才蔵の後方に何とか回り込めた佐助も攻撃の迎撃のための才蔵を挟み撃ちができる位置にいた。後方に回られた才蔵は少しも動じていない。

「小娘ちゃん、それでアタシの背後を取ったつもり？　前方に羅刹丸…。はぁー舐められたものね。挟み撃ちとはね。いい？　二人組の陣形は縦に一列か横に一列が基本。後は陽動して、一人が相手の背後に回り込み挟み撃ちする今のアナタよ、小娘ちゃん。縦一列は自分より力があると判断した時に後ろの者を逃がす。横一列は自分より格下と判断した時に同時で攻撃するため。挟み撃ちは必ず仕留めなければいけない時。最初の陣形で縦一列の後方にいた小娘ちゃんが前に出て来てどうするの。守っていた羅刹丸の努力が台無しよ…。羅刹丸も止めなきゃ。でもね、今回はそれ以上の時よ、なんたって圧倒的な力の差がある者を相手にする時だから。その時の答えはね、二人ともその場から全力で散って尻尾を巻くのよ…できるかしらね…。術技水結縛」

才蔵が術技を発動後、どこからともなく二人の口元辺りに水の塊ができていた。そして、二人の口元にひっつくように水の塊が覆って呼吸妨害をした。羅刹丸は土の槍と盾が解除させられ、口元の水の塊を剝がそうと手で払っている。佐助もまた羅刹丸と同様にジタバタと才蔵の力に抗うが、二人とも口元の水の塊に翻弄されていた。

「さっきの威勢はどこにいったのかしら？　簡単には剝がれないわ。これが力の差よ。このままだと溺れるわ。こうして二人を見ていると、下手なワルツを見せられているようでもがく姿もかわいい。こんな時にもう一つおまけに術技をしてみようかしら…」

羅刹丸は溺れそうになる中でも意識を集中して抗力を練った。

「くっ…、これじゃぁ、術…技、ゴボゴボォ…弾岩…」

何とか練った抗力をガントレットに反応させ、羅刹丸は水結縛によって自由の利かない中で術技を無理やり発動させた。羅刹丸の周りに三個大きな岩が浮かんでいた。そして、その浮かんだ岩は才蔵の方へ目掛けて飛ばそうと狙う。

「さすがは羅刹丸。まだ価値はあるわ。しかし、どの世界にもルールがあって、この世界には理の四大属性って悩ましい問題がね、ウフッ。水には土が天敵。アタシはアンタに不利なのよ。相性が悪い、悲しいけどすべては所詮決められたルールの中でしか運命は存在しないわ。だから、この世には決して交わらない愛もあるのよ。その儚さがまた美しい。ガキのアンタには人の色香の話は早すぎるわね。若さって未熟ってことよ。でも、ハンデがあってもアタシを脅かせないの…アンタは弱い。それぐらいわかるわよね？　それでも岩を下げる気にならない？　あくまでアタシに逆らうということかしら？　なら…いいわ、足掻きなさい、このアタシをゾクゾクさせるのよ」

才蔵はにやりと笑い羅刹丸の動きを封じるため、さらに水結縛に力を込める。

「ウブァ…ゴ、ゴフ…ッ、マ、マブイ…い、息がぁ…術技岩壁甲・口…。こ、これで…口元の水の塊を防げる…ふぅーハァハァ…確かぁ…この教場の先にあるのはぁ…修羅さぁん？」

羅刹丸も威力を増した水結縛から逃れるため、口元に土で出来たマスクが覆い塊を防いで対応した。才蔵はその動きにまた悪戯に喜んでいた。

「部分術技でアタシの水結縛に対応したわ。里の時は付き合いが浅かったけど、その時から器用ではなかったアンタがね…。成長しているわ、嬉しい。それに元は外界のアンタが修羅を知っているなんてね。よほど里に信用されるようになったのね」

羅刹丸は才蔵の会話を遮るように宙に浮いた術技弾岩を放った。弾丸を気にすることなく才蔵は羅刹丸に呆れて、一瞬でまた距離を詰め羅刹丸の目の前に現れた。

「格が違い過ぎるでしょ。目で追えるような術技じゃムリ。それにその太った身体じゃ…血でも抜いてあげようかしら。痩せるわよ。術技水刃」

才蔵は瞬時に羅刹丸の咽喉元に水で模した鎌の刃を突き付けていた。

「ぴくりとでも動いたらこの変幻自在の水の刃でその首跳ねるわよ。それに急がないと小娘ちゃんが白目むいているわよ。さぁ大変、どうする羅刹丸？」

しかし、羅刹丸は強張りながら笑っていた。その顔が憎たらしくて才蔵は咽喉元に刃を喰い込ませ羅刹丸を手に掛けようとした時、

「術技ぃ奈落ぅぅ」

才蔵の立っている足元には大きな穴ができ、才蔵を引きずり入れ飲み込もうとした。才蔵も素早くその穴から回避し離れたが、才蔵に隙が生まれ佐助の術技水結縛が解除された。羅刹丸はすかさず術技弾岩を再度発動させ、離れる才蔵に向けて岩の弾を放ち、瞬天で佐助の側に駆け寄った。

「うーん、生かしつつ相手にするのは難しいわ。それに人は恋をすれば強くなると言うけど本当ね。粋がらないで。まず羅刹丸、小娘ちゃんはその後よ。術技水吹雪」

才蔵も飛んでくる軌道を読み一つ一つ面白がって丁寧に水の鎌の刃で払い潰した後に反撃に出た。羅刹丸の周辺の大気中に無数の棒針状の鋭利な刃が羅刹丸を四方八方から襲う。羅刹丸は佐助を守るために飛んでくる刃に対して術技岩壁甲で盾を作り佐助を庇った。だが、前方は身体を覆うぐらいの分厚い盾を作り間に合ったが、後方は間に合わなかった。何とか水結縛から抜け出せていた佐助は、呼吸を乱しながらも身

を挺して羅刹丸の背後に回っていた。羅刹丸の背後は佐助の身体を犠牲にして回避できた。佐助の身体は刺さった棒針状の刃が液状に変わり酸まみれになった。戦闘装束も破れ溶かし皮膚まで液状の酸は入り込み佐助は断末魔の悲鳴を上げた。

「佐助ぇ。なんで庇うんだよぉ。逃げられただろぉ？」

「うぐっ、はぁはぁ、無理だよ…。悔しいけどカマヤローには勝てない…ボクが足手…まといだ。だから、これぐらいしかできない…。それに認め試験が終わっている…。応援は呼んでいるんだろ？　それならこの異変に気がつき誰か援護が…」

「あぁ、呼んだよぉ。でもぉ…、守るのはこっちだよぉ。よくもぉ、術技弾岩っ」

遠からず近からずの距離にいた才蔵に向けて人間が屈んだぐらいの岩を飛ばした。その様子を才蔵は笑いながら構えていた。

「だから当たるわけないでしょ、そんなノロマな術技に。血迷ったのかしら。それより羅刹丸、小娘ちゃんに助けられたわね。あー涙が出るわね。感動するわ。恋が為せるものなのかしら。でもね、アタシはそんなメロウじゃないわ。ほら、水吹雪の水が容赦なく小娘ちゃんに。いくらこっちが土だからって相性悪くても、アンタも時間の問題、急がないとアンタレベルの盾じゃ水が浸透して小娘ちゃんと同じ道よ。アタシも暢気にしていられないのに…アイツらまだなの。計画通りなら終わっているはず。

だから、アタシとあろう者がこんな役回りを。それにここの里の人間よ。残る援軍ぐらいわかるわ。それはそれで厄介なのに。その前にもうアタシが殺しちゃうかもよ、この子たち」

才蔵は二人をまとめて止めを刺すため、空気中の水蒸気が階段代わりに変化して、そこを蹴るように駆け上がり、訓練教場内にある高い木のてっぺんに移動した。二人を見下ろしながら術技を発動する準備に入る。羅刹丸はまだ呼吸を乱しながらも苦し紛れに術技弾岩を発動させ、才蔵を狙い定めて構える。術技の乱発に力も乱れ手元が狂う中、人の上半身ぐらいの大きさの岩の弾を一発放った。才蔵の頭上はるか上の方向に岩の弾は飛んでいってしまっていた。

「また岩コロ一つ…芸もないわね。どこ狙っているの？　せめてアタシに当てるぐらいはね。これでわかったでしょ、力の差が。サヨナラ、羅刹丸。術技水龍海嘯」

辺りは静まり大気中で大きな水の塊ができ、次第に何かの姿へ変わろうとしていた。才蔵の頭上で、二人はおろか教場の周辺を飲み込もうとするぐらいまで膨らみ続けていた。悔しくも羅刹丸はその圧倒的術技の前に為す術もなく飛ばした弾岩の岩を目で追うと、宙に浮く水の塊と才蔵の頭上の間の空間に弾岩の岩が通過したその時に、稲光が走り才蔵の頭上に閃光一閃落下。

「術技瞬天からのっと…術技雷光掌」

一瞬の速さで落雷とも言えるような動きをした何かに対応して、才蔵も瞬時に術技を止め、何とか隣の高い木に移り皮一寸のところで避けられた。術技は中断せざるを得ず、才蔵の頭上にあった水の塊は空で蒸発するように消えていた。才蔵の装束が僅かに破損し焦げていた。さすがの才蔵も少し肝を冷やした。

「み、見えていたわよ。ガントレットで近くにアンタが来ているのはわかったわ。アンタが来て二人の亡き骸でも運んでもらおうかなって思っていたけど、案外早かったわね…。さっきのアタシの頭上を越えた岩コロにマーカー…。羅刹丸も気が利くようになったじゃない。それに雷球を左手に維持してアンタがアタシの頭上から真っ直ぐ落下。アタシの頭上からってのが気に入らないけど。その実直というか愚直というか…。その真っ直ぐさは変わらないわね。アンタのおかげでお気に入りのセクシーな装束が焦げて台無しよ。代償をアンタの身体で払ってもらうからね。その安物のレーサーのような装束とは訳が違うからね、いいわね、覚悟なさい、代償は高いわよ」

空気中をビリビリと左手の中にある雷球で稲妻の如く駆け、才蔵がいた高い木を真っ二つに切り裂き地面まで落下。駆けつけた者は避けられたことに少し悔しがりながらも才蔵の方を振り向き見上げた。

「ちっ、外したか…。なぁ、俺を呼んだかい、才蔵。そのケチのつけ方、相変わらずだな。里の仲間を傷つけるのは許さない。それが昔の仲間であろうと。羅刹丸、弾岩マーカーうまくいったな。俺もやりやすかった。よくやった、さすがだ。…って…その顔、まぐれ？　身体が覚えていての無意識かよ。まぁいい、結果オーライだ。おい、才蔵。俺が来たんだぜ、もう笑っていられないだろ？　それにこの教場の先は…修羅だな。アイツは連れて行かせねぇよ。俺の友達だからな。もう傷つけさせない。俺が守るよ」

羅刹丸も驚いたが霧雨の援護で窮地は免れた。才蔵も状況を仕切りなおすため、回避して飛び移った次の高い木の上で体勢を整えて抗力を練り合わせ備えていた。

「雷は速さが厄介。それに岩コロの裏から出てくるとはまるで曲芸ね。羅刹丸も機転が利くようになって…油断したわ。霧雨、この忍士の世界で友達？　笑わせないで。そんなクソ以下の何の役にも立たないものがこれからを守れる？　ここの先の瘴気の森の奥に幽閉されているのはただの化け物よ。友達なんて駆け離れた姿の修羅よ。それでもまだ友達と言える？　だから、アタシはそんな修羅を不憫に思ってここから助け出しに来たのよ。どっちの方が本当に友達思いかしら？」

「絶対行かせねぇよ。変な動きしやがって。だから、ここに俺がいるんだ。アイツは俺なんだ。今度は俺がアイツの分まで守る。お前がいるという事は正影様…いや、正影もいっしょってことだろ。お前たちは何を企んでいる?」

「企む?　霧雨、アナタは自身の生き方に意味を考えたことがないの?　この里でこれからも忍士として生きていくつもり?　これまでも歴史の裏でひっそりと。この生業とともにを影の中で生きていくことが正しいとでも?　もううんざりね。この里の存在も、そして、これからは正影様がその力を示し表舞台に躍り出るわ。そのためには修羅が要るのよ。世界を変える。霧雨、アンタもこっちに来ればわかるわ。どう?」

「バカな。そんな独裁的でまるで破壊思考のような理屈が通るか。どうやってここまで入ってきたかわからねぇが全力で食い止める。ここから死合うことになっても」

「破壊思考…笑わせないでよ。修羅を助ける?　それは修羅を助けるのではなく、伊賀の都合で利用しているに過ぎないのよ。化け物姿の修羅を封印してまで…それで、半蔵の私物化。そっちこそ人の扱いじゃないわ。棚に上げるんじゃないわよ。この偽善者共が。だから、アタシが修羅を解放してあげるのよ」

　さらに才蔵の声色が変わり、静かな殺気が話す言葉から漏れ出し始めた。

「霧雨、死合う…このアタシと?　同里だった者に対してその言葉を使うという事は、やはりもう部外者扱いね…なら、その古臭い言葉に乗ってあげるわ。死合うという言葉を使ったからには退けないわね。それに水ならこっちは風の派生属性の雷だからって言いたそう。派生属性は理の四大属性も法則を変則させる。けど、風自体が水には元々付加影響はないわね。だから、刃向かえるとでも…風の派生が雷ってだけよ。所詮派生術技でも相性が肝心よ。ならね、せめて雲水以上の雷使いじゃないとね…。悲しいわ、バカ過ぎて…なら足掻いて見せてよ。アタシを満足させられる？」

「まるで俺がやられる前提みたいな言い方しやがって。お前のその見下す言い方が気に入らねぇよ。それに昔の俺と思うなよ。ちゃんとアップデートできているか確かめてやるよ、力づくでな。羅刹丸っ、ここから離れて佐助を守れ」

「わかったぁ。必ず守るよぉ。霧雨さぁんも気をつけてぇ。術技岩壁甲・双ぉ」

羅刹丸は佐助を抱え急いでその場から離れた。才蔵が片手を広げると才蔵の全身が収まる距離まで離れた先で佐助を下ろした。その場で両手に一つずつ大きな土の盾を作り、その盾を前と背後に移動させ二人ごと覆い守りに入った。

「無いよりマシだろぉ。さっきの失敗もあるぅ。これで少しは耐えられるぅ。僕だって忍士だぁ。才蔵さ…才蔵ぉ」

「今わざわざ呼び捨てしたな、羅刹丸ごときが、生意気な。アンタはもう詰んでるわ。まだわかんないの？　アタシに刃向かった時からよ。そこで見ているつもりね…いいわ、まとめてぶっ殺してあげるわ。それじゃ、霧雨、覚悟はいいわね？　その青二才が吐くような考えごと飲み込んであげるわ、術技水流渦葬」

「忍士になってから覚悟なんてものはとっくにできている。ただな、黙って大人しくやられるわけにはいかない。ましてや、同里の者にはきっちりしなきゃな。羅刹丸、盾では無理だ。飲み込まれる。もっと離れていろ。来るぞ。ちっ、術技雷電招来」

　羅刹丸はまた土の盾は解除せず佐助を抱えてその場から離れた。才蔵は木の上から離れる羅刹丸を無視して、下にいる霧雨を見下ろしながら術技を仕掛ける。才蔵の術技は軽々と人十人分ぐらいは簡単に飲み込む大きな水の渦が瞬く間にでき、一気にその渦は大きなうねりに変わり大気中で水流となった。その水流が一本の川の流れのように宙を移動して、才蔵の視界の下にいる霧雨に向かって激流となり襲う。それと同時にまた霧雨も一人分ぐらいの大きさの雷球を5個作り、その雷球を操り才蔵の四方を囲むように飛ばしたが、上空にある激流があっという間に辺りの草木といっしょに才蔵に向けて放った雷球をも飲み込んで襲った。激流は霧雨を飲み込んだ後、渦に変わり霧雨の行動を封じ込めた。才蔵は余裕綽々のしたり顔を覗かせる。

「当たらないわ。雷は速さがウリなのよ。それなのに大きな雷の弾を作って雷の特性を殺してどうするの？　それとも大きくして威力を上げて一気に？　アタシの術技をたった雷の弾五発撃ったところで意味ないわ。残念だけど、五発の弾は水流の中を突き抜けて高いお空に飛んでいったわ。芸のないたった五発の雷の弾でこの水の激流を止められるとでも思えた？　バカも休み休みにしてよ。早くその渦に抱かれて眠りなさい」

羅刹丸は佐助を担ぎながら、逃がしてくれた霧雨が渦の中でもがいている姿を見て自然に足を完全に止めてしまっていた。

「あら、霧雨の心配をして足を止めてどうするの？　渦の中じゃね、瞬天は無理よ。新型で術技の威力はさらに上がっているわ。昔のアタシの水流渦葬なら、今の霧雨だったら逃げられたかもね。それに瞬空天の空中の抗力マーカーはアタシの周りに存在できない。だって、今アタシの渦が辺り全部飲み込んだでしょ。アタシに近づくことはできない。じゃ次はアンタよ。最初から言ったでしょ、アンタは詰んでるって。霧雨といっしょにアンタも飲み込んであげるわ。その小娘ごとね」

佐助を抱えながら顔を歪める羅刹丸がいた。迫る才蔵の水流渦葬の前では到底歯が立たないことは霧雨を通じて目の当たりにした。下唇を嚙みながらも盾で覆い佐助を庇いながら身構えて次の手を考えていると、才蔵を通過している3球目、4球目の雷球が飛んでいるのが目に入った。そして5球目の雷球が才蔵の頭上を高々と通過した瞬間、羅刹丸はその光が希望となっていた。その場に担いでいた佐助を下ろし、羅刹丸は光を追うように咄嗟に才蔵のところへと突っ込んでいた。

「羅刹丸、アンタ正気？　この里で一番遅いアンタがアタシのところにまで辿り着けると思う？　諦め？　あの小娘を捨てた？　それでも羅刹丸までの距離なら時間の問題よ。せっかく霧雨が時間を作ってくれたみたいなのに、アンタバカじゃない。術技水刃破」

突進する羅刹丸に向けて、瞬時に一振りの水の波動の刃を放ち接近を阻止した。

「これでいいんだぁ。届くなんて思ってないぃぃ。この距離ならぁ、術技弾ぁぁ岩」

羅刹丸は盾を解除して、突っ込む羅刹丸の周囲に一発、大人がしゃがんだら身体を隠せる大きさの岩の弾を発動させて、才蔵の頭上の上空を目掛けて飛ばした。しかし、才蔵が放った水刃破の水の刃の波動が先に羅刹丸に届き身体を刻んだ。才蔵に向かって飛んだ羅刹丸は水の刃によって、羽をもがれた鳥のように落ちていった。術技も中断され岩も中途半端に的外れに才蔵に届くこともなく、羅刹丸と同じように力尽き落ちていった。しかし、羅刹丸はやられて下降しているにも拘らず笑っていた。

「無茶しやがって。でも、助かった。これで活路が見出せた。術技瞬天」

才蔵に届かず下降している岩から、霧雨が両腕の袖にあたるところからトンファーが現れ、それを抜いた。羅刹丸の狙いはまた岩の弾を利用し霧雨を誘導した。才蔵は迷いなく突っ込んでくる霧雨に慌てて背中の腰に携えた大きな鉄扇を抜き、左手のトンファーの突きを見せる霧雨の動きに合わせる。霧雨の動きは速く、才蔵はギリギリで霧雨のトンファーを鉄扇で当てて防ぎ、その反動を流し受け止めて、いなしながら身体を捻る。捻った身体の反動を利用して霧雨の背後を狙おうと鉄扇を広げる。広げた扇の上部に刃が現れ、斬りかかろうとした時に「ギャァァァ」と才蔵の断末魔の叫びが空に響く。霧雨は背後から攻撃を受けることなく、そのまま才蔵を尻目に突っ切り、背後を見せながらも振り返ることなく才蔵と離れた。霧雨の後方では先に放った五つの雷の弾が一つになって、才蔵の持つ鉄扇に向かって稲光を走らせ雷が落ちていた。

「ふう。これが雷電招来だ。お前がその鉄扇を抜いた時点で終わっていた。最初の雷光弾をお前に目掛けて飛ばす？　それは違う。俺が雷球を放った端から上空狙い。お前は自分の力を過信し油断していた。俺の方は、確かに空中のマーカーごと飲まれたことに焦ったし、危うく溺れる一歩手前。けど、羅刹丸の弾岩がまた俺を助けてくれた。後は瞬天で近づき突っ込む。アンタの鉄扇を抜かせるためにだ。アンタは案の定鉄扇を抜いた。その時トンファーを鉄扇で受け止めた。これで俺の雷の抗力が鉄扇に付着し、落雷先の完成だ。そして空の五つの雷球が一つに重なって雷となりアンタに落ちったって寸法だ。発動まで順を踏まないといけないのが欠点だがな。その分、威力は折り紙付きだろ。雷の速さを避けるにも予測しない限り困難。俺も巻き込まれないように逃げるのに必死だった。才蔵、もう動けまい。覚悟」

才蔵は焦げた匂いと共に木から落ちた。さすがの才蔵もダメージが大きかったのか何とか着地するだけで反撃はできなかった。才蔵の戦闘装束の上から細い糸のような煙が何本か天に上がっていた。

「くっ、舐めていたのはアタシね。あの雷球が雷…威力も増して…さすがに直撃はね。それに頓馬なアンタが突進でアタシの気を引くなんて…落ちたものね、アタシも。またやられた…その岩のマーカーに。喰えないわ。まだガントレットは動く…。霧雨、羅刹丸、これでアタシが終わるとでも…まだよ。舐めるんじゃないわ。アタシは里一の抗力量の持ち主だったことを忘れた？　今度こそ小娘ごと。術技水龍海…嘯…ン…？」

才蔵のガントレットから三つの熱源が迫る。しかし、霧雨と羅刹丸は気がついていない。霧雨も羅刹丸も気絶している佐助のところに戻り、佐助を守るため身を挺していた。しかし、才蔵は途中で術技を止めた。熱源の一つがすでに才蔵の横に現れた。

ようやくここで霧雨も羅刹丸も新たな熱源の存在を肌身で知る。

「こっちは終わった。少し時間が掛かったが修羅を奪還した。酷くやられたな」

「もう遅いわよ。もっと早く来てよ。そうよ、元々か弱いの知ってるでしょ。それにお気に入りの装束はボロボロでお肌が見えて…あーもうこれじゃお嫁に行けないわ。悪来はどう責任取るのよ?」

「なぜ我が責任を。その装束では来るなと言っただろう。支度に時間をかけ過ぎだ」

「何よ、ダサいもん、そっちの格好は。確かに性能はいいわ。ちょっと機能もついている。でもそれだけなのよね。アタシ専用のフェミニンなヤツはまだなのよ。だから、ちょっとしたヘボな雷でボロボロになってしまった。もっと早く用意すべきだったわ。反省はしているわよ。悪来、遅刻したことは内緒よ、わかった? さぁーてっと、その前に霧雨には装束の弁償があるのよ。きっちりここで払ってもらうわ。アンタも協力なさい。それでチャラよ」

「何がチャラだ。修羅にはあの者がついているか…少しなら付き合うか…。これでは後で才蔵に何されるかわからぬからな」

「そうよ、わかっているじゃない。アンタが来たからすぐ終わらせられるわ。時間をかけ過ぎたら、それこそお仕置きが待っているわ。でも、想像したら…ゾクソクするわ。ウフッ」

「悪趣味が…。事によったら手を煩わせかねない。そうなってしまうと申し開きができぬ。ここは伊賀。蛇ではなく、まだ大蛇がいる」

「そうね。じゃ、さっさと始めますかね。この美しいアタシが華麗に、蝶よりも舞い、蜂よりもスパッと刃向かえないようにきつーくね」

「自《うぬ》よ、ここは我が出よう…」

「何言っているのよ。このままじゃアタシの気が収まらないわ。まるで負けているようにしか見えないわ。これでもアンタより上よ。アンタに心配されたら終わり」

霧雨は抗力の消費が激しくバテて、羅刹丸もダメージを引きずって何とか立っている二人の前に、悪来が出現。才蔵と悪来は霧雨と羅刹丸を無視して話を続けている。

霧雨はその隙に抜け目なく静かに抗力を練ることに集中した。羅刹丸はダメージが蓄積してうまく抗力を抽出できず、威嚇の睨みつけで抵抗の意思を露わにした。

「悪来さぁ…。いや、悪来ぃ、アナタもぉやっぱり才蔵といっしょかぁ？」

「ほう、久しい再会で口の聞き方を忘れたか、羅刹丸？　自の土で我の火とまともに殺り合えるとでも思うておるか？　土と火は付加影響を受けることはない。となれば、実力あるのみ。才蔵をここまでボロボロにした。それは褒めてやる。だが、自の抗力では我に勝てん。前任者の凪にも及ばぬ土使いよ。その自の非力な抗力と戦闘力をどう使う？　少しは成長を見せて我に抗ってみるか」

「凪ぃ…？　昔の僕と思うなぁ、悪来ぃ、術技弾岩機銃ぅ」

「速さ重視の術技…がっかりさせるな。その程度の術技しか出せぬか。我が避けるだと…甘い。そんな小石の弾を我に向けても意味なし」

会話を遮るように振り絞ってスピード重視の石つぶての弾岩をマシンガンの如く悪来を射抜こうとその場で発射。が、悪来は動じず弾丸にも避ける気配さえない。

「アタシがお仕置きをしようと楽しんでいたのに。もう悪来、邪魔しないで」

「自は手を出すなよ。我に挑んできたからな。教えてやる、力の差をな。そんな小石のつぶてでは我を止められぬ。むっ…？　何かが来る、光…」

悪来が右手の掌を空に掲げると、人三人は簡単に飲み込むぐらいの大きさへと球体は悪来の頭上で徐々に膨らみ続けていた。その矛先は前方にいる身を挺して佐助を庇う霧雨と羅刹丸、そして負傷している佐助の三人に狙いを絞っている。その術技発動中の悪来に羅刹丸の岩の弾岩は見事にヒットした…。

「その土の盾で守れるか、足掻くがいい。まとめて楽にしてやる」

「ちょっと三人って…アタシがお仕置きをやるのよ、悪来。…ってもういい。それならアタシは…、ウフッ」
才蔵を無視して悪来は向かってきた石つぶての弾岩に対して、何もなかったように前方に左手を広げると掌よりも少し大きい炎が現れ、その炎が石つぶての弾岩を受け止め遮った。悪来はダメージを受けてはいるが術技を中断するだけの攻撃にはならなかった。ただ、争っている場所から離れたところで一つ熱源が増えていたことに才蔵も悪来より少し遅れて気がつき、すでに才蔵の興味はその熱源に向いていた。その熱源の場所では、光の粒子が人を模して集まり、集まった後は光の粒子だけが大気中で溶けるように剝がれ消えてすでに姿を露わにしていた。
「光よ…そうか…だが、残念ながら間に合わん…見ているがいい。我が主に仇なす者は何人たりともこの悪来が容赦せぬ。それがたとえ血筋の者のであろうともな。教えてやる我の目の前にいるそこの三人でな。喰らえ、術技大焔塊」

―訓練教場に向かう前―

正宗は玄斎の治療を受けている最中、正晴から教場が襲撃されていることを知らされ直ちに応援に向かうように命令が下された。正宗の身体は本調子ではなかったが、正晴の命令のため、玄斎は正宗を教場に送り出すことを了承した。また負傷者が出ている報告を受け、受け入れ準備の命令も玄斎に下った。そこで玄斎は正宗に現場に向かう前に源内と会い準備をするよう促した。正宗は玄斎の言うことを聞き、研究のために渡していた新型のガントレットを取りに機工技室に向かった。

「若、聞いています。すぐに訓練教場の方へ…。ガントレットは使えるようにしています。霧雨さんはもう向かっていますが、現地には才蔵さんと悪来さんがいるはず。ガントレットの情報から動きを見て、それに残念なことにもう修羅さんは彼らの手に。現在は修羅さんを運んでいる者が一人います」

「誰なんだ。もしや…兄さんなのか…」

「正影様なら、若のガントレットの中に情報が残っているので反応するはず。先の機械仕掛けの熱源でもない。でも、おかしい。若のガントレットがその一つの熱源だけをずっとサーチして、正体を判明しようと動き続けています。何か摑んでいるようですが…判明に至っていません。若、一旦サーチを終了させますか…?」

「そうだな…現地では負傷者が出ていると玄斎から聞いた。急がなければ。なぜ、ガントレットは未だサーチし続けていた?」

「おそらく中にあるデータが類似しているのでしょう。それを判明させるために自動でサーチを続けてデータ収集して正体を判明しようとしているのでは…。私も若がここに来る少し前にお館様から命令を受け、その時から研究を止めて、ガントレットを実践用に起動し直していたので…時間にして10分も経っていません。その間ずっと状況収集は続いていた…ガントレットの動きが引っ掛かります」

「そうだな…。もしかすればその正体が現地でわかるかもしれない。それよりも才蔵、悪来が攻めているとなると俺だけでは戦力にならない。この状況は玄斎にも報告して備えていてくれ。…勝手にいろいろ巻き込まれているな」

「若はとにかく負傷者救助を最優先に。向こうには霧雨さんもいます。それと若だけではありません。お館様も動くようです。今準備をなさっています。それに昔の繋がりもあります。向こうも命までは取らないはず…。修羅を奪ってから彼らはここに長居したくないようです。その証拠に修羅と共にいる者は真っ直ぐ脱出行動をしています。里屋敷とは逆の方向にどんどん離れて行動しています」

「俺はその修羅を知らない。ただ、昔兄さんが話してくれて、教場の向こうで封印されていると…。源内、修羅を奪われたらどうなる…？」

「お館様が20年前から今も尚、守り続けている一つです。これまで理の四大属性の研究で修羅さんの特殊体質が大きく貢献してきたと聞いています。奪われると間違いなく修羅さんは利用され、里の研究さえも滞ってしまう可能性が出てくるかと。それと修羅さんと霧雨さんは仲が良かった。だから、今、霧雨さんも急いで…」

正宗は自分が生まれた時点ですでに因果の中に運命があったことを初めて知る。

「それに向こうには羅刹丸さんもいます。才蔵さんは水、悪来さんは火の属性持ち。こっちは霧雨さんの雷で悪来さん、羅刹丸さんが土で才蔵さんに対応すれば…それにお館様もいます。そして、この新型のガントレットと若の天術水鏡も…ただ、使えば使うほど身体のダメージが大きくなります。この一カ月の若の身体を診て、今の若なら水鏡は二発が限界。超えるとおそらくまた目が赤黒く、これからも影響が出るでしょう。今は目の赤黒さは回復し元に戻っていますが完全ではない。無茶は禁物ですが…そうも言っていられない。限界だけは超えないでください。…必ず二発まで。ガントレットからの情報で負傷者は佐助さんです。熱源も小さくなっています」

「まずは佐助の方だな。よりによって佐助の認め試験の日だろ」

「訓練教場にいたから修羅さんの対処ができたのかもしれません。どちらにしても若も気をつけて。向こうもまた敵意を表しているのですから」

正宗の顔が緊張し少し強張った。

「あぁ、謎の熱源も気になる。行くよ、装備も整った。後を頼んだ、源内」

お互い顔を見合わせて強い決意で顔を引き締めた。

「若、最後に一つ、天術瞬光はガントレット間なら道が作れ、さらに設定で移動後の場所も詳細に変更できる。相手のガントレットのサーチ能力の許容内であれば、その範囲で移動後の到着地点を任意で決められます。ただ向こうの技術は若の物と同様、或いはそれ以上。くれぐれも気をつけて」

源内は正宗にガントレットを手渡した。

「わかった。…なら、少し離れたところから…状況を見て不意を狙う。設定はと…おっ、これか…ここにこうして…っと。じゃ行ってくる、源内。頼むぞ、俺のガントレット。天術瞬光」

ガントレットを装着後、正宗は光の粒子となってその場から消えて教場の方に向かった。


—伊賀訓練教場の戦い—

正宗が再び目を見開くと霧雨たちから少し離れた場所にいた。正宗が辺りを見渡すと、すでに霧雨と羅刹丸が二人の付近で倒れている佐助を庇いながら悪来と対峙しているのが目に入る。才蔵はすでに正宗の方を見て微笑んでいた。正宗もその目と合った。正宗が当初に狙っていた奇襲は早くも崩れた。正宗は潔くそのまま直進して駆けつけようとした時、悪来の頭上には大きな火球が三人を飲み込もうとどんどん大きくなっていた。正宗もその火球が目に入り、正宗の周りに自然と微かながらの赤黒い粒子が身体に纏わり始めていた。そのことを正宗は気がつくこともなく、真っ直ぐ霧雨のいるところに駆けていった。才蔵は悪来のところに向かってくる正宗を見て、身体に瘴気が纏わり始めていることに気がつき、悪来から離れ正宗の方に向かった。正宗も悪来から離れた才蔵の動きに警戒したが、正宗が悪来のところまで辿り着く前に才蔵は容易に正宗の背後を取っていた。

「あ～ら、これはこれは正宗様。こんなところに来ちゃダメじゃない。いつの間に術技を使えるようになったのかしら？　でも、瞬天とは違う…。でも、今はどちらでもいいわ。ウフフフ。直接は会うのはお久しぶりね。アタシを覚えているかしら？　そんな慌てた顔をして…。アタシもダメージを負っているけど今の正宗様ぐらいならね…。この場では断トツに抗力が低い、そんな力ない子がこんなところに来たら危ないわ」

駆けつけている最中に容赦なく才蔵は正宗の動きを捕捉するために一瞬で右腕の間

接を極めて、右腕を背中に回し背後からそのまま前方に押し倒した。正宗の顔を地面に擦りつけ、才蔵は身体ごとで抑えつけ背後からマウントを取った。

「まぁ～いい身体になったわね。やっぱ生で見て触れるとはっきりわかるわ。こうしたかったのよ。…あの時、双眼鏡越しで遠くから見ていた時から。ウフッ。念願が叶った。このままも悪くないわ。正宗様の温もりを感じて溶けちゃうかも…って、アタシったらダメね。つい悪い癖が…。アタシには正影様がいるから。でも禁じた恋も燃えるわね。少しだけなら…あ～抑えられないわ」

言葉とは裏腹に才蔵は正宗を抑えるのを楽しみながらさらに力を入れる。

「それにね、これ以上近づいたら悪来の大焔塊に巻き込まれて黒焦げになるわ。正影様には劣るけど正宗様もいい男よ。だから、向こうに行っちゃダメッ」

正宗は背後から乗かかっている才蔵に何の抵抗もできずに、ただ前方で起こっている事に指をくわえて見ているだけだった。

「その苦悶している姿もゾクゾクするわ。興奮するわね。正宗様少しは足掻いて見せてよ。いじめ甲斐があるわ。この今の状況も逆らえないのならこれから先も守れず失っていくわ。それよりも生きていけないわ。アハハッ」

才蔵は倒れ込ませている正宗の背後から、正宗の耳元に口を近づけ囁く。

「くそっ、才蔵、離せ。お前と話をしている暇はない。これ以上邪魔をするなら…」

「覚えていてくれて光栄。これ以上邪魔をするなら…ウフッ、かわいいわ。忍士レベルギリギリ程度の正宗様がどう抵抗するのかしら…。まずはこうして上げる…」

正宗の背後で才蔵は、正宗の右腕をさらに曲がらない方向に力を加え痛めつけて弄ぶ。

「まだ元気はあるの？　力のない者は大人しくしてなさい。ねっ？　お利口でしょ。向こうで悪来の火球に焼かれる三人を見ていなさい。お勉強よ」

正宗は地面と才蔵に挟まれて身動きが取れず前方を見るしかなかった。正宗の前方では、悪来が右腕を空に向け、悪来の頭上には今まさに悪来の前方にいる三人を潰そうと火球は膨らみ切っていた。

「待ってくれぇーやめろぉぉ。悪来ぃぃ」

正宗は悪来に向けて静止の言葉を放つが空しく森の中で響くだけだった。辺りの様子は悪来を中心に赤く、周辺の大気の温度も上がっていたことは離れている正宗も肌で感じ取っていた。そして、悪来の掲げた右腕に呼応するように頭上の火球はさらに膨れ続け三人を飲み込めるだけの大きさを超えていた。その状況を才蔵によって抑えつけられて遠くから見るしかできない正宗の背後で、圧し掛かっている才蔵の身体をも取り込むように正宗の身体全体に赤黒い瘴気の粒子が少しずつ纏わり出した。

「何よ、アタシの身体にも瘴気が…身体に纏わりつくと厄介よ。異常に瘴気の終始が正宗様の身体に引き寄せられている…。それにアタシごと纏わりつき飲み込もうとしているわ。このままだと正宗様とアタシも瘴気に取り込まれる…」

正宗は苦しみながら今の状況を打破するため力ずくでもがく。その度に正宗の身体にはどんどん瘴気が纏わりつき、身体全身にはレースのカーテンで覆うぐらいの瘴気の量が正宗と才蔵を包んでいた。

「アタシもヤバいっ。どういうことかしら…正宗様の抗力のセーブ力を考えても、とっくにオーバーよ。取り込み過ぎよ…にも拘らずよ、瘴気に飲まれていないわ…。それよりも瘴気に耐えられているのよ、この状況で正宗様が。今の正宗様は一体何よっ？」

才蔵が瘴気に飲まれ戸惑い始めた頃には、悪来は前方にいる三人に向けて掲げた右手を振り下ろしていた。

「…教えてやる我の目の前にいるそこの三人でな。喰らえ、術技大焔塊」

その手の動きに連動して悪来の前方の三人の頭上に向かって、大きく膨れ上がった火球がゆっくりと三人を覆い飲み込もうとしていた。

「くっ、…しまった。さっきの俺の術技で才蔵の鉄扇に当てたマーカーも消し飛んでいる。これじゃ反撃も…。羅刹丸、佐助を守れ。俺が囮で受け止める。早く離れろ」

「霧雨さぁん、無茶ですぅ。こっちに来てくださいぃ。僕のぉ今出せる術技で防ぎますぅ。まともに喰らったらぁ、一溜まりもありませぇぇぇん。術技金剛障壁ぃ」

「くそっ、抗力を使い過ぎた…反撃できる術技がない。ちっ、わかった」

霧雨は身を挺して佐助を庇い、羅刹丸は霧雨と佐助の両方を庇うように前に立ち、自分の目の前に土の大きな壁を作り迫る火球に備えた。悪来が放った大焔塊の火球は太陽の輪郭を覆うぐらいの大きな火球となり三人を飲み込んだ。辺りはあっという間に大火事のように燃えさかり、被害規模の範囲も三人を集中して激しく焼いていた。

「うわぁぁぁぁぁ。なぜだぁ、よくもやったなぁぁ。悪来ぃ。まただぁ、また里内で争いをぉぉ…。昔にもこんなことがあったろうに。傷つけ合うために俺たちはいるのかっ。くそっ、離せ、離せって言っているだろぉ、離せよぉ、才蔵ぉぉ。忍士同士でなぜ争いが起きるっ。だから、俺は忍士なんか嫌いなんだぁぁぁ」

—汝　力を込めよ　願いを力に
正宗にＩＧＡシステムを発動させた時と同じ声が耳裏から聞こえた。その声を正宗は受け入れ、押さえられながらの身体で左手だけに集中して力を込めた。正宗の左手のガントレットに赤黒い粒子が集まり出した。才蔵もその正宗の動きに気がついていた。

「何よっ。大人しくなさい。三人を助けに行っていたら、正宗様も黒焦げになるって忠告したでしょ。むしろ感謝してもらいたいわ。助けたのよ。このア・タ・シがっ」

「何を言っている。一方的に抑えつけて…。助けただとぉ」

「そうよ、正宗様。その端正な御顔立ちが焼け焦げるなんてもったいないでしょ。それにね、このアタシに抗えないようじゃね…まだまだよ。非力を自覚しなさい。半蔵の名を継ぐ資格のある者がこの程度じゃ将来の伊賀は不安だわ」

—汝　押さえられている力の方へさらに力を入れ　右の腕を捨てよ
「うるさい、黙れぇ、半蔵は関係ないっ。今、俺の目の前で仲間が傷ついている。右腕なんか…そんなもんくれてやる。いいから俺から離れろ、才蔵ぉ。うぁぁ」

「誰に向かって口を聞いているの。そんな戦力にもならない抗力でアタシと殺り合う気なの？　舐めるんじゃないわよ。正宗様であろうと容赦しないわよ。いいわね」

「うぉぉぉあぁぁぁ…」

正宗は自らの力で右肩をさらに負荷をかけ、意図的に肩が外れる方向へ怒り任せで力を入れた。激痛も興奮状態と瘴気の中で痛みがぼけた。肩の関節が外れてもまだ力を搾り、一瞬だけ瘴気の力も働き、才蔵の抑えていた力を凌駕し抑えられてうつ伏せの体勢を仰向けの体勢に移すことに成功した。その反動で背後から乗っていた才蔵はバランスを崩し正宗は撥ね退けた。

「な、何よ。一瞬だけ力がアタシの想像を超えたわ。正宗様に何が起きている…。それに正宗様の身体の周りにはまだ赤黒い粒子、瘴気が取り憑いているわ。抗力がない人間に身体全身で瘴気を受け止めているなんて考えられないわ…。異常だわ…」

才蔵は目の前で右肩を抑えながらフラフラになりながら、立ち上がっている正宗の様子に恐怖を抱いた。

「退け…才蔵。邪魔をするなら俺も全力で潰す…」

—汝　左腕に更なる抗力を捧げよ　さすれば力を示そう
正宗自身が見ることはなかったが、正宗のガントレットのディスプレイにはＩＧＡの文字が浮かび上がっていた。そして、左腕のガントレットには吸い寄せられるように赤黒い粒子が集まっていた。

—汝　左腕に力を込めよ
正宗は右肩を抑えている中で、左手のガントレットに力を込めるイメージでその場で集中していた。

—システム展開　ＩＧＡ発動

「新型の力なのか…俺の身体にどんどん力が湧いてくる…。うっ、目が…痛む…」

―天術　水鏡
「天術、水鏡」

正宗の右目に痛みが走っているが、無視して正宗は自分の意思を貫く。

―術技　大焔塊
「術技、大焔塊」

正宗は何とか左手を空に掲げると、瞬く間に正宗の頭上には大きな火球が膨れ上がっていた。悪来が発動した術技そのものを再現していた。

「な、何、正宗様が、なぜ、術技を。それも悪来の大焔塊…。正宗様には抗力なんかあったもんじゃないはずなのに…、それにここに来た時、瞬天…あれは、瞬天じぁない。あの少しの違和感は…これだったの。正宗様も天術？　今の状況はまずいわ。術技水龍海嘯」

才蔵の周りでは、正宗が発動した火球が膨らんでいくのと同時に、才蔵の頭上に龍を模した水の塊が形作られていた。その龍を模した大きな水のうねりが大焔塊の火球を飲み込もう大きく口が開く。

「喰らえぇぇぇ、才蔵ぉぉぉ」

　正宗は力を込めた左手を地面に下ろすと同時に才蔵に向かって火球は落とす。才蔵もそのタイミングで自分の水の龍が火球に向かっていった。

「正宗様、残念だけど、そんな猿マネ…って、えっ、こ、これは悪来と同じ威力…。このアタシの術技に対応している？　でもね…」

　二人の頭上で相手を喰わんばかりに火球と水の龍がひしめき合って、互いに自分が押しつぶされないように対抗していた。

「火には水なのよ。正宗様わかっていないのかしらぁねぇ。舐めたマネしてくれて。これでもね、アタシは悪来より上よ。勘違いしないでほしいわ」

　才蔵は言葉を荒げて力を込めると、水の龍が火球を飲み込んだ。

「ほらね、このまま正宗様ご覚悟をぉ。飲み込まれなさぁい」

「うおぉぉぉあぁぁぁ」

　正宗も負けずと吼え上げ力を込める。水の龍に飲み込まれたはずの火球は水の龍の中で爆発して水の龍ごと消し飛び互いの術技は相殺された。しかし、その直後に正宗は天高く悲痛な叫びも上げた。そして、すでに悪来が正宗を狙って特攻していた。

「やはり、さっきの光といい…正宗様もか…これは厄介。才蔵の水龍海嘯を正宗様は自力で切り抜けた。才蔵も術技の乱発で精度が鈍くなっていたか…。仕方ない、天術相手だ。それにまだ得体が知れぬ。才蔵のように舐めると痛い目に遭う」

正宗は苦しみ声を上げながらも背後から迫りくる悪来に身体は反応していた。

―天術　水鏡
「天術、水鏡」

―術技　水龍海嘯
「術技、水龍海嘯」

正宗はまた天術で才蔵の術技を再現し、正宗の頭上には水の龍が舞い轟く。

「ぬっ、才蔵の術技水龍海嘯だと。それも大焔塊の後連続して、さらに相反する違う属性の術技を放つなどあり得ない。我の大焔塊、才蔵の水流海嘯どれも抗力消費は激しい。それを術技が使えなかったはずの正宗様が…。ちっ、水が相手か…だが、こっちもやるしかない。乱発は負担が大きいが…術技大焔塊」

悪来も正宗の動きに合わせて、自分の身が火球に巻き込まれない距離まで正宗に近づき、悪来の頭上にまた右手を大きな火球を作り上げていた。水の龍に対抗準備は整い正宗も悪来も同時のタイミングで互いの術技がぶつかる。

「うぉぉぉ…あぁぁ」

力を込めるようでもあり痛みを伴い苦しむ声も混じりつつ力を振り絞る正宗。悪来もまた正宗の水の龍に喰われまいと大きな火球に力を込め、互いは一歩も譲らない。

「火にはぁぁ水だぁぁぁ。悪来ぃぃ、お前は許さんぞぉぉぉ」

力の均衡をこじ開けるように正宗は無我夢中で水の龍を操り、火球を飲み込ませた。

「こんな短期間で水龍海嘯を…。正宗様の天術とはそれほどか…」

水の龍は勢いが落ちることもなく、そのまま悪来の方向に向かって牙を剝きながらの水の龍の激流が悪来に押し寄せる。

「悪来ぃ、避けなさい。水龍海嘯よ。アンタの火じゃ水には分が悪いわ」

「本物なのか…この術技の威力は…だが、間違いなく、才蔵と同レベル。それを正宗様が？　才蔵と同等の力なら今の我には避けられぬ。甘んじて受けようぞ」

才蔵は悪来に押し寄せている危機に声を上げるが、悪来は為す術を防御体勢に入る。

「悪来、アタシが、術技の乱発をしなければ…。自分の術技を消すだけの力は…やはり発動できない…。このアタシが抗力のリロードに追いついていないのに、なぜ正宗様はもうリロードを…。このままじゃ悪来が…」

水の龍は目標の悪来を目指して大きな水流となり押し寄せる。しかし、悪来が水の龍に飲み込まれる手前で、水の龍は悪来の前で一瞬にして消えた。厳密には、空中で水の龍が真っ二つに裂けて滝のように流れ崩れ落ちながら空に消えていった。正宗もまた容赦なく目に痛みが走ってその場に疼き込んでいた。正宗のガントレットだけが来たる人間の正体に反応して見破っていた。

「才蔵、悪来、何を遊んでいる。修羅は回収できている。才蔵よ、悪来とともにこの場から下がり戻れ。アレがもう来る。アレが来ては今のお前たちだけではさすがにリスクが大きい。時間をかけ過ぎだ。任務は継続中だ。遂行しろ。急げ」

正宗は聞き覚えのある懐かしい声を意識が遠くの中で聞いていた。


―正影と正晴と正宗と天―


悪来の横に現れていたのは正影だった。悪来と才蔵はひやっとしていた。正宗もまたその声の方にだけ意識が薄れる中、何とか反応していた。

「はっ、正影様」

悪来は直ちに正影の命令に応じた。才蔵は正宗にしてやられたせいで不服そうな顔していたが、正影の前で表情は厳しくなり命令に素直に応じていた。

「申し訳ございませんっ。正影様。アタシも大人しく任務に戻ります。この失態は必ず。命拾いしたわね、ゾクゾクしたわ。またね、チャオ、正宗様。行くわよ、悪来」

正宗は才蔵の捨て台詞も遠くのほうで聞こえていた。痛みにもがき倒れ込みながらも正宗は声が聞こえる方に耳を向け、ぼんやり前方を見ていると正影も見ていた。

「に、兄さん、なのか…。兄さんっ。くっ、ま、待てぇ…。才蔵、悪来…」

正宗が弱々しく吠えたところで、才蔵と悪来がその場から去っていく後ろ姿を見つめるだけだった。しかし、正宗はすぐに正影の存在に圧倒された。

「向こうで焼かれ虫の息は…霧雨とあれは確か羅刹丸…それに小娘？　…いや、その小娘が…まさかな…この樹海で凶鳥がすでに飛翔しているなど…な。それにここにお前がいるとはな…正宗よ、久しいな。才蔵も悪来もお前の天術は計算外だったか。もちろん、この私もだがな。ちょっと前までＩＧＡシステムを発動し、瞬光もままならなかったお前が…。それがこんな短時間で二人を相手するだけの力を得ているとはな。でも、もう瀕死だ…顔色も特に目の色もおかしいな。赤黒い両目だな」

正影の言う通り正宗の顔は血の気が引いて顔色が悪くなっていた。

「天術…親父も言っていた。に、兄さん…天術って何だ？　なぜ…忍士同士が…里の者同士が争わなければならないっ…」

「私がお前ごとき相手をするか。何も知らぬか…そんなお前が鏡とはな…」

「何を知っている…鏡？　兄さん、兄さんがさっきの相殺した力は…？」

「勘だけは母桜華に似たか…。血は健在か。いや、どうしてもお前ならわかってしまうか…鏡だから。まぁいずれ否応なしに知るだろう。お前に纏うその力、威能をな。その力の代償が…その両目の赤黒さか。さて、もうここには用がない」

「用がないだと…。俺にはまだ用がある。威能だと…？　忌能だろ、天術なんか…。それに俺はただの服部正宗だ。半蔵は兄さんだ。俺には関係ない」

「フフッおもしろいな、禁忌の力を威能ではなく、お前は忌み嫌う忌能と言うか。自惚れるな、力無き者に易々と備わる力ではないわ。力無き者には扱えぬ」

　正影は一瞬で寝そべって弱っている正宗の前に現れた。言葉をこれ以上必要としない代わりに、正影は正宗の行動を封じるように腹に蹴りを入れて蹴り飛ばした。正宗は一瞬で目の前に現れた正影に反応もできず、防御体勢も取れないまま蹴り飛ばされた。飛ばされた先で右腕も使えず左手で腹を抑えて地面に寝そべり動かなくなった正宗を見て、正影は憐れむように見下していた。

「まだ殺さぬ。だが、いつでも殺せる。その程度の力では鏡など到底使い物になるかっ。もうそこで大人しくしていろ。そこで今のお前の無力さを知れい」

　…天術、水鏡。

　正宗の耳には正影の声は届いていなかった。もう意識は無く導かれた声だけが正宗の頭の中で聞こえていた。

「天術…水鏡」

正宗はすでに意識が失っていたにも拘らず脳裏に響く声に身を委ね、蠟燭の火が揺らめくように弱った身体を持ち上げ真っ向から正影と対峙する。気力で何とか立ち上がった正宗の身体表面全体には瘴気の衣が纏わりついていた。

「正宗の身体に瘴気が纏わりつくか。邪魔をするならこっちも少しは力を出すぞ」

正宗は言葉を交わすこともなく肩が外れた右腕をブラブラとさせ、ただ左腕を弱々しく空に向けて振り上げている。

…術技、大焔塊。

「術技、大焔…塊」

「甘いな。鏡の力とは…術技が使えるということか…。少しはこの目で見るか、貴様が忌能と言ったその力をなっ。しかし、術技などで私と張り合うとはな…。正宗よ、教えてやる。術技より上の力、天術をな。これが私の天術だ。天術断剣」

正宗が左腕を伸ばした先に、大きな火球が頭上にできあがっていた。そして、正宗が左腕を振り下ろすタイミングで、正宗の目の前では大気が歪んでそこからグレーの真空の刃が現れた。そして、正宗の術技発動を遮るようにグレーの一刃が正宗の身体を襲った。正宗の身体はその刃によって斬られていた。

「ふっ、戦闘装束のおかげか。昔よりも質を上げている。さすがに私がいた時の伊賀の技術レベルではないな。伊賀もまた進歩して安心した。手加減する程でもなかった。それにさっきから言葉を失い大人しくなったが、何か聞こえているのか…？　何かに操られている人形だな…瘴人に近づいているか。天術の乱発によるものの末路なのか…。修羅と違い自分をまだ保てているだけマシか」

正宗は断剣の刃でダメージを受け、大焔塊の火球も正影の方に近づくにつれ小さくなり、発動直後の大きな火球は正影付近に到達した時に、人ひとり分の上半身ぐらいの大きさにまで小さくなって到達していた。

「これでは大焔塊ではない。焔塊だ。フンッ、造作もない。断剣」

グレーの真空の刃はまた現れて今度は襲いかかる火球を防ぐために放たれた。正影の目の前で大気が歪み、歪みからグレーの刃が現れ、目の前まで押し寄せた火球を切り刻み綺麗に空中で火球は消えていた。

「いつ見ても術技の破壊時に生じ出てくる光は綺麗なものだ…。消えた後…どこへ向かうか…未だ知る由もない、ククク。…これでわかっただろ、正宗…」

正影の目から見ても前方にいる正宗は到底自分の意思で立っているには見えなかっ

た。正宗はすでに限界を超えて、天術の使い過ぎが容易に推測できていた。だが、正宗は倒れそうになりながらも赤黒い右目の眼光で鋭く正影を睨んでいた。

「なっ、何、正宗の右目から赤黒い粒子が漏れ、一筋の線状に帯びて上空に上っている…。正宗の身体の表面上にずっと瘴気が憑いている。瘴気に飲まれているのか…？　前兆が始まったのか…？　断剣を受けたがまだ立ち上がる…。痛みを感じていないのか？」

…天術、水鏡。

「天術、水鏡」

…術技、水龍海嘯。

「術技、水龍海嘯」

正宗は身体を酷使しながらも力を惜しむことなく発揮する。術技発動後、正宗の頭上で水流ができ正影を襲う。正影の方へ向かう途中で水流は龍そのものに形作られて牙を剥いていた。

「私とて天術の乱発は得策ではない。ヤツが来た時にと残しておいた力を使いたくはないが…。猿まねではないな。才蔵レベルの水龍海嘯なら…払わねば。天術断剣」

正影はまた断剣を繰り出し、襲ってくる水の龍に対しての大きさに合わせたグレーの刃が歪んだ空間から出て来てまた真っ二つにし、水の龍を消した。そして、前方にいる正宗を見るとすでに次の術技を放とうとしているのか、正宗の身体の表面上はさらにまた赤黒い瘴気の粒子が集まり出していた。しかし、正宗の身体は立っていることも儘ならなくなってきていた。

「ほぅ限界を超えたか…今度は左目も右目と同じく一筋の線状の瘴気が立ち上っている。それに自力で立てていまい？　瘴気の糸が上空で引っ張り無理やり立っているようにも見える。限界を超え瘴気に飲まれるか…あの20年前のあの日を思い出す…」

正影が正宗の姿を見て憐れんでいると、正宗もかすかな意識で何とかまだ自分を保っているのか、正宗は正影をずっと睨みつける。赤黒い眼光が正宗の限界を体現しているようで正影の目には弱々しく映っていた。

「うわぁぁぁぁ」

正宗は、突然天高く苦痛を空に向けて咆哮した。正影は正宗の限界を確信した。

「痛みを感じて目でも覚ましたか…。どうやら力を使い果たしている…。ここからは正宗次第だな…。瘴気に飲まれ果てるか、人として生を活かせられるか…見物だ。お前が本物の鏡になり得る器なら、まだこんなところでは朽ちぬ。鏡は見せてもらった。もう長居は無用。行くか…」

正影は正宗が前方で倒れ痛みに喘いでいる姿を尻目に、その場から立ち去ろうとした時に正影のガントレットは二つの熱源をキャッチした。

「やはり、正宗を相手したからだ。時間がかかったか…アレが来るな。いや、もう来て……。ん、なっ何？　既に視界内にいる。どういうことだ…？」

読みではまだ数分の時間が掛かることを知らせていたが、その一つだけは時間をまるで圧縮させたような動きを見せ現れていた。

「…天剣ぞ。久しいな、正影。里の手薄を狙いおって。それに封印が揺るんでいる…知っていたのか、瘴気が刻で緩む性質を。いや、その両腕か…。だがな、これまでお前たちの沈黙を勘大に許していたわけではない。お前が刻の針を進めようとしているが、私もまた同じ。そして、私と村雨は一蓮托生。互いが互いを生かせなければ、今は刻を進めらぬ…まだか、はよ、玄斎、こっちぞ。早く手当てを」

正影の視界の前方にはすでに正晴が正宗を助けて現れていた。玄斎も正晴に続き遅れて姿を現した。そして、一目散に正宗のところに駆けつけた。

「若、ご無事ですか…？　半蔵様、意識がないです」

「わかっておる…正宗の瘴気の解毒を進め、他の者も処置を。天技天剣」

正晴が天剣を発動した後、正影に向けて攻撃をしたのでもなく、いきなり玄斎の近くに霧雨、羅刹丸、佐助が横たわって現れた。その状況を見て正影は何が起きているのか理解できなかった。

「正晴…いや、半蔵、今何をした？　なぜ霧雨らが…？　新たな術式か…」

「天技は天術にあり天術に非ず。また、天術は天技へと成し天技と成す…天司りしは神をも識れり」

「術式だな、私の知らない術式だ。半蔵、相変わらず狸が…。断剣と似ている…」

「正影、お前の力を試してみせよ。天技天剣」

正影の前に断剣に似た力、白い斬撃の刃が大気の歪みの中から突然現れた。

「これは断剣…いや、私の断剣と似ているが違う。ちっ、天術断剣」

正影もまた目の前で迫る大気の歪みに反応して断剣を発動。正影の前も空間が歪みグレーの刃が現れて白い刃に向けぶつけ相殺した。

「天術の使い方は慣れておるな、正影。空間コントロールがうまい、さすがだ。だが、威力は落ちているっ」

「威力が落ちている…確かにそうかもしれん。半蔵、貴様は断剣を熟知しているとでも言いたいようだな。だが、威力なんぞ、人を殺させるだけの力さえあれば十分だ。人は脆い。受けよ、天術断剣」

正影がグレーの刃を発動させ玄斎の背後の空間が歪み現れていた。玄斎は自分の周りにいる四人の負傷者の手当てに追われて反応できずにいた。その背後から刃が襲う。

「正影よ、姑息なやり方だな。だが、その程度なら…天技天剣」

正晴もまた玄斎に襲い掛かってきたグレーの刃を相殺するため、玄斎の背後の大気中の空間が歪み白い刃が現れグレーの刃にぶつけた。玄斎の背後で互いの刃が相殺し、その威力を示したように風となり樹海の森の中で吹き抜けていく。その時に玄斎の頬に風が吹き抜け傷つけた。

「ほほう。やはり20年前のブラックボックスの中身を理解していたか…。そして、IGAシステムにより安定させた力か…その断剣こそが成果と言いたいようだな。だが、ガントレットを介しているようでは天には辿り着けぬ…」

正晴は穏やかな口調だが一気に殺意が漏れた言葉を正影に投げかけた。

「ふふふっ、そうか、そういうことか…。半蔵、伊賀の宝とはどうやら私は見誤っていた。今、お前がこうして私に殺意を向けた。その殺意こそ何よりの証明…そして、この両腕の違和感が…まさかお前が絡んでいたとはな。…有意義な時間だった、半蔵」

「有意義だと？　ここから去れるとでも思うてかっ。息子だから大目にみたが、才無き者よ、この世から去《い》ね。これよりお前とはここで決別する。服部に仇名す者、正影よ、せめてこの私が今ここで始末してやる。朽ちよ。天技天剣」

「息子か…その物言いに乗ってやる。来い。私もまた服部だ。天術断剣」

二人が対峙する。その双方の先にそれぞれ大きな空間が歪み、互いの刃が現れ交錯する。その衝撃は辺りの樹海の木々を揺らがすものだった。そして、互いの刃はまたも相殺。その衝撃が大きな風を巻き起こし、互いの身体に風が通ると戦闘装束や地肌の場所に細かい斬り傷がつき吹き抜けていく。

「よく自力で天術を会得した。そこは褒めようぞ。だが、瘴気が混じるはまだまだよ。天技は天術にあり天術に非ず。また、天術は天技へと成し天技と成す…」

「小賢しいっ。お前の天技とやらもどうだ？　威力が落ちているようだがな…天術に通ずるところがある。私の両腕が…ならば、お前の両腕もどうだ？　ククク ッ…それでも半蔵よ、まだ続けるか？」

「続けるだと…お前は勘違いしている。人程度を凌駕した力なんぞ問題ではない。真はその先にある。それもわからぬ者がただ逆上せるか…あまりに愚行。天技天剣」

正晴が天剣を発動した瞬間に正影の目の前に正晴はいた。正影は呆気に取られ正晴はその正影の隙を見逃さず、目の前にいる正影の首元を右手一本で握り持ち上げたが、すぐに正晴は持ち上げた正影を手放すように押し投げた。

「一体何時ぞやから。だが、わかっておるぞ。近くなら抗力でわかる」

「クッ、余計なことを…お前は出てこなくてよかった。だが、助かった」

正影は何事もなかったかのように受け身を取り体勢を整えた。正晴が正宗を後方に投げ飛ばした直後に稲妻が走った。正晴と正宗の間を割くように稲妻が通り過ぎ、正晴の戦闘装束の皮一寸を焦がしていた。正晴は自分の戦闘装束が焼かれていても気にせず稲妻の走り去った後を目だけで追う。すると、辺りの樹海の森の景色から同化していた形跡が残るように、足元から少しずつ姿が出てきて時間を掛けず全身が現れた。

「実践配備に漕ぎつけている。それに私が送った伊賀の瘴気のデータを元に…。なるほど対忍士用とでも言いたいようだ。応用して抗力の気配すら消す…ガントレットのサーチも欺くか…厄介だ。それがステルスの完全実装の戦闘装束か。そのせいで私もお前たちに気づくのが遅れ、容易に侵入を許してしまった。教場のルート以外でどこから侵入した？　この教場以外から侵入したとしても…。うん？　その装束…我々伊賀より上と言いたいようだな、村雨…。おいっ、そこの銀マスク、なぜ、稲妻を纏った術技を…。もしアヤツの術技ならこの戦闘装束が焦げるだけでは済まないはず…」

全身は伊賀とは似ているが、違うスタイリッシュで身体のラインに密着した黒い軽装の戦闘装束に身を全身包んで、顔は銀マスクを着けて表情はわからない。頭は頭巾のような物で装束と繋がって包まれているが、少し額辺りは銀髪が覗いている。

「そうだ、ステルスだ。お前が欲しがっていたものの一つと言えよう。しかし、あの雷を避けるか…対応能力はさすがだな、半蔵。いい反応だ…お前も下がれ。ここは退くぞ。目的は達成している。それにこっちの力もこれ以上曝け出すのはナンセンスだ」

　しかし、銀マスクは正影の指示とは逆に四人が倒れているところに向かっていた。

「ちっ、銀マスク…。技術も私たちの先を行っていたようだな、村雨…。里から姿を暗まして10年ぐらいか…その後お前も続くように抜け…才蔵、悪来、虚空も続いたか…。そして、ステルスさえも…さらには瘴気を抑えられる技術…その装束。村雨にデータを渡した代償がこれほど大きいとはな…認めよう、村雨と別つことが最大のリスクだったとな。村雨は私が邪魔のようだが、村雨、伊賀は深いぞ。もう、村雨もこの私も昔を振り返る時間などない。ここで正影を始末して、その後村雨だ。天技…」

「半蔵…私に躊躇は無しか…。こここの期に及んでここにいない村雨とはな…。目の前の私よりも…やはり私は…。まぁいい、だが、そんな暇はあるのか…。こっちにも都合はあるが、そっちにも都合があるだろ。後ろを見なくていいのか？」

　正影は正晴の背後に目を向けるように促した。正晴はその背後を横目で追うと、玄斎の横で倒れている四人は未だ処置を施されていたが、その中で玄斎の処置を拒むようにヌルッと起き上がっている者を確認した。

「下がれっ。もういいと言っている。去るぞ。正宗も瀕死だが動いている。舐めるなっ。ただでは済まぬぞ。私の声が聞こえぬか…。私の思念が混ざったか…調整不足か…少し実践は早かったか」

正影の声を無視して銀マスクは治療中の玄斎の方へ向かっている。その動きに合わせて正宗は起き上がり銀マスクから玄斎を守ろうとしていた。銀マスクに気がつかず玄斎は自分の身を挺して動く正宗を抑えていた。銀マスクが玄斎の背後を襲う。

「怖いな…瘴気とは。もうあれでは意識がないな…。これでは正宗は繰り返すのか…正宗も修羅と同じように…。しかし、20年前とは違うぞ。今回は鏡だぞ。鏡を割る決断は下せまい…なぁ半蔵」

銀マスクは身を挺して正宗を抑えようとしている玄斎の背後から、術技を発動して右手に雷を帯びさせた手刀が玄斎に迫っていた。

「…退け。術技…紫電」

機械混じりの籠った声が玄斎の背後から聞こえながら銀マスクの攻撃が迫っていた。それでも玄斎は正宗の身体を守るように身を挺した構えは崩さなかった。正晴は、銀マスクの様子を視界に一瞬入れ、状況判断を瞬時に行った。なんと正晴は正影を牽制するための行動に移っていた。

「鏡を割るだと…笑わせるな。アレは鏡であって未だ鏡に非ず。ここで壊れるならそれもまた運命よ…天技天…剣」

正影の読みは外れた。正晴の白い刃は正宗を襲う銀マスクには向かわず、正影に向けて放っていた。正影の前で大気中の空間が歪み白い刃が正影を追撃していた。

「半蔵、鏡を割れる…か。少し見くびっていた。今回はもう我らは退こう。だが、予定通りだ、半蔵、修羅は我が手中よ。もういい、くどい、退けっ。ちっ、天術断剣」

正影は白い刃が来ることを察知し、その場ですぐに断剣で白い刃に向け相殺させた。

その間で銀マスクは正影の指示を無視してまっしぐらに玄斎のところに向かっていた。

…天術、水鏡。

「天術、水鏡」

…術技、紫電。

「術技、紫電。うあぁぁぁ」

正宗は身を挺して守る玄斎を撥ね退け、突き出してきた銀マスクの左手の紫電に少し遅れながらも何とか間に合わせ、正宗も右手の紫電で銀マスクの突きに合わせ重ね当てた。その直後、互いの術技が交錯して辺りに衝撃の風が吹き向ける。さらに互いの突き出した手から放たれた雷が互いの雷に絡み合うように激しく衝突して消えた。銀マスクと正宗は術技の相殺の威力で互いの身体ごと吹き飛んだ。

「若ぁぁぁっ」

吹き飛んだ正宗にすぐ駆けつけた玄斎だったが、正宗の顔を見て慌てる。

「若の目が…両目がもう赤黒過ぎる…これ以上は何が起こるか…。それに、うっ、瘴気…。若の身体に瘴気が纏わり続けて…。このままでは…半蔵様」

正宗は動かずに倒れていた。玄斎もその様子を見て正晴に助けを求めていた。銀マスクも正影の言葉がようやく聞こえ追撃するチャンスを捨て、吹き飛んだ後は正影のところまで戻っていた。

「…正影様、申し訳ございません。処分はいかようにも」

「釈明などはいい。修羅がある、お前は再び修羅運送の任務に戻れ。ここを去るぞ」

「はっ…。術技瞬天」

正影の命令で銀マスクはその場から姿を消した。

「半蔵よ、引かせてもらう。しかし、伊賀の里、そして、伊賀の宝をこの私が貰い受ける、必ずな。お前が研究しているその天技とやらもだ。忘れるな。天術瞬光」

正影は光の集合体から光の粒子となっていた。その際に光の粒子となりながらも正影は言葉を続けていた。

「このままだと鏡は割れるぞ。それは本意ではあるまい、半蔵よ。玄斎とで鏡を割るなよ。そして、私のためにその鏡を磨いておけ。鏡は私が持つに相応しい。それと今の伊賀はそんな小娘をも飼うか…そこまで深刻なのだな、伊賀は。せいぜい嚙まれぬようにな…天術瞬光。ククククッハッハッハッ」

正影はその場から光に包まれて消え去った。言葉もまた正影の高笑いと共に樹海の空に蒸発した。正晴も玄斎も正影を止めることができずに修羅も奪われて終わった。

「玄斎、正宗の様子は？」

正晴は玄斎のところへ寄り、玄斎は駆けつけた正晴の顔を見るなり首を横に振った。

「気絶されています。お館様、急がねばなりません。霧雨、羅刹丸、佐助も…」

「急ぐぞ。屋敷まで少しあるが、玄斎と私で。そして、源内にも知らせておく。ここは瘴気もある。まずは瘴気から安全な場所に運ぶ。今の我々では一斉に全員を屋敷に運ぶのは無理だ。時間は掛かるが負傷の大きい者を優先とする。その後残る者を運ぶ。この中では…おそらく正宗か。コレは私が運ぶ」

「ハッ。では、どれも酷いですが…特に羅刹丸が酷い。私は羅刹丸を先に、その後は佐助と霧雨同時に里まで運びます。まずはここの瘴気から離れましょう」

「玄斎、霧雨と羅刹丸と佐助を頼む。まずは我々で四人を移動させる。行くぞ」

二人は負傷した四人をまず一刻も早く教場の瘴気から遠ざけ、比較的に瘴気が薄い安全な場所へと移した。その後玄斎はまずダメージが大きい羅刹丸を担ぎ、速やかにその場を離れ屋敷へと戻っていった。正晴も玄斎の後に続くように傷ついた我が子を再び抱え上げる。

「今日の襲撃…まるで20年前のあの日ようだ。無茶をしおって、こんな短期間で成長してくれたとはな…むっ…正宗の身体に纏う瘴気が消えている…。うん？　瘴気の塊…そうか…」

正晴が正宗を抱えてその場を離れようとした時、正晴の前には瘴気の赤黒い塊がぼんやりと集まっていた。正晴はその瘴気の塊に向かって話すように語りかけた。

「この年になって息子を抱えるとはな…何時ぶりか…。桜華、お前には子を抱くことすらできなかったな。母としての喜びを奪い続けたな。今回の修羅を守れなかった責任も感じなくていい。正影を逃したのは…私の力不足だ。桜華よ、凪と今までよく修羅を守ってくれた。ありがとう。修羅が奪われたのは残念だが、救いは他の誰でもなく知った伊賀の者、正影の手に修羅が渡ったということ…ならまだ取り返す機会は必ずある。このまま野放しにもできん。そして、正影と決着をつけねばならん。新型は正宗の意思に応えて暴走…新型の改良も進めなくては。危うく正影の言う通り鏡が割れるところであった。だが、これからの研究こそ未来に繋がる。慶家公から託されたデータもある。必ず誰よりも先に辿り着く、15代服部半蔵正晴の名において…。桜華よ、長らくの任、ご苦労であった。これまでの働き、決して無にはせん。これからはどうか、鏡を、正宗を導いてやってくれ、桜華よ」

正晴の目の前に現れた瘴気の塊は、正晴の言葉を聞き入れたかのように空に溶けて消えていった。正晴は正宗の傷ついた身体をしっかり抱え里屋敷に戻っていった。

―伊賀忍士編―終わり

オマケ　ＳＡＩの部屋

「えっ、もうおわり…これからどうなるの？　この後、伊賀の忍士たちは？　それに天剣？　水鏡とは？　銀マスクって誰？　ウフフッ。気になるよね。気になるそこの読者ここからは世界一美しいＳＡＩがお送りしますよ。読者のみなさんいかがでしたか？　才蔵に釘づけだったんじゃないかしらね。えっ？　もっと読みたいって？　そうよね、この著者がどうもね、才蔵の魅力を理解していないのよ。今度著者本人に怒っておくわね。では、助手を二人紹介するわ。助手のＡＫＵとＫＯＫＵよ。さぁ、こっちよ～」

「な、なぬっ、自《うぬ》よ、もう本編は終わっておろう。何故ゆえこのようなコーナーをやっている。こんなことをしていると正影様がお怒りになられるぞ」

「正影様には内緒。アタシは正影様のためにやっているのよ。だから、アンタたちにも手伝ってもらうわ。決してページの無駄遣いじゃないわよ。これもお仕事よ。なんたってこの著者まだパッとしないんだから、アタシがやらないとね」

「そ、そうか…鍛錬の時間があるが…著者が有名ならこんな事にはならなかった。甘んじて受けよう…致しかたない。では、さっさと始めるぞ。正影様のために」

「理解が早くて助かるわ（単純だわ。著者が頼りないのは同感だけど）」

「自に褒められても何も嬉しくもない」

「はいはい、了解よ。ってメインはアタシ。KOKUもちゃんと付いてきなさいよ」

「あ、は、はい。これ、これ、お、終われば、ご、ご褒美を、さ、才蔵様ぁ」

「もう、アタシはSAIよ。KOKU、失敗作でしょ。（確か…アタシは好きじゃないけどね、村雨教授も最近はとんだ研究をしているわ。知っているだけで3体は成功して…あと4体は必要とか言ってた。そもそも失敗の数が多すぎるわ、まぁ今はこの話は関係ないわ。ウフフッ）村雨教授に聞いておくわ」

「SA、SAI様もさ、才蔵様も、に、似たようなもんです。わ、わざわざ呼び名を変える、ひ、必要ありますか？　ど、どちらでもいいじゃないですか。ま、まぁこ、こっちは研究が、で、できればそれでいいですが…。こ、この前の、う、雲水ちゃん、つ、捕まえたご褒美がやっと貰える」

「何よ、KOKU、手柄がなかったと、このアタシへのあてつけ？　逆らう気？」

「い、いえ、め、め、滅相も。さ、才蔵様がいなかったらぼ、僕は…」

「才蔵よ、虚空はよくやった。それに比べたら我々の方が…」

「あーだから、アタシはSAIって言ってるでしょ。結局最後正影様に助けられたのね。あれからお咎めはなかったけど…少し気不味いわ」

「最後の正宗様には驚かされた。我が正影様と同じ術式、天術を使うとは…。しかも我と自の術技を使いこなすとは」

「あ、悪来さんが、に、任務失敗…。あ、明日、槍が降ってくるかも」

「失敗では…。だが、虚空よ、明日の前より先に自の頭上に…才蔵の術技が…」

「良い根性しているわね、アタシにケチつけて喧嘩を売っているんでしょ。地雷よ、地雷。踏んだの聞こえなかった?」

「い、いえ、け、決してそんなことは（アレ、す、水龍海嘯だよな…し、死ぬぅ～）」

「才蔵よ、止め。間違いなく死ぬぞ。この部屋ごとぶっ壊す気か。また、あの山小屋の生活に戻るぞ。ここは正影様とともにある居城だぞ」

「何よ…。あっ、でも悪来の言う通りね。怒られて居られなくなるかも…。アタシの趣味できたお気に入りのお部屋で肌のお手入れができなくなるわ。もういいわ。全くもう、本題に戻るわっ。…陰湿に堅物、もう勝手な連中よ…」

「あ、ありがとうございます。い、陰湿でもいいです。神様、仏様、SAI様（ま、間違いなく、こ、殺す気だった。それに勝手に話がズレていっているのは才蔵様）」

「我は堅物ではない。自とは違い誠実なだけだ」

「ＡＫＵ、物も言いようよ。それよりも最後の銀マスク…アレは…確か、う…」

「おいっ、才蔵、それ以上は口にするな。我々の極秘だ。それに天術の正影様の断剣と正宗様が鏡…」

「えーじゃ、後で教えてよ。天技も…それにアタシたちが助けた修羅は？　あーだから、今後どうなるのよ？」

「ウム、そうだな。では、今後は…」

「え、えー、そこ、そこを、あ、悪来さんが話したら、ぜ、全部、言ってしまうよ、ば、バカ正直だからぁ～」

「誰がバカだとぉ。術技大焔塊ぃ」

「あーあー、二人とも余所でやってよ～。このコーナーがごと潰れるわぁ。だぁーー虚空、悪来に謝って、早く」

「言葉のチョイスを間違いました。ごめんなさい。（でっかい火球できてるよぉ～）」

「うぬぉぉぉ…ン？　って、虚空よ、自の吃りがなくなっているぞ…」

「あ、ほんとだ。良かった。アハハッ。これで一件落着ですね、才蔵様」

「はぁぁ？　何が解決だ。勝手に終わらせようとするな、虚空。それにキャラが壊れると、またこの著者が虚空の方向性で悩むだろうがっ！　あああっ」

「う、うわぁーさ、才蔵様、そ、その、素が出ています」

「あらぁ、やだぁ。アタシったら、テヘッ。じゃ、悪来も冷静になったところで、軽く次回の説明を虚空、よろしく」

「僕ですか？　わかりました。次回は20年前の伊賀で起こった事件の話。若かりし頃の伊賀の忍士たちの姿が描かれています。そして、徳川の者たち、桜華様、凪、そして、修羅、伊賀の過去が…。さらに正宗様の出生秘話も続くお話…こうご期待」

「訛りが消えて、アンタの個性が死んでいるわ。それに今のアンタ、20年前のアンタよ」

「あ、あ、は、はい（めんどーだな、そっちだって、呼び名も戻ってるし。設定むちゃくちゃだな）」

「おい、虚空、顔に出てるぞ、蝶よりも舞い、蜂よりもスパッとこのアタシが逝かせてやろうか？」

「い、いいえ、ご、ご勘弁を（いやいや、そっちもキャラ、ブレブレ。というより、この著者もアホなのか。あっ吃りだ。た、確か、こ、こんな感じだったよな…）」

「才蔵よ、一ついいか。自はこのコーナーのメインのはず、今のところ何もしていないぞ」

「えっ、ちゃんとしているわよ、失礼ね。これを読んでくれた読者ならアタシのこの苦労もわかってくれているはず。なんたって、こんな二人を相手しているのだから」

「なぬ、自が我々二人を呼んだのだろうが」

「はいはい。二人は無視してっと…オッス、オラッ才蔵、次回、伊賀過去編もまた必ず読んでくれよな」

「おい、才蔵、その最後のフレーズだけは不味いぞ。大人の事情でどっかから言われるぞ。それにキャラも変わっている。虚空に言えた口か。虚空も何か言え」

「つ、疲れたので、け、研究室に、も、戻ります（じ、時間の無駄だった）」

「我も鍛錬に戻るか。では、また次回にて…（おい、なぜ、才蔵はやり切った顔をしている…なぜ笑顔だ。そして誰に向けて振りまいている。おっ、こっちを向いた、うっ、目に殺意が…。後で必ず何かされる。虚空よ、我を助けてくれー）」

次巻―伊賀過去編―に続く

あとがき

今回この作品を書いた時期はコロナ渦でした。振り返れば、ずっとずっと先行き暗いトンネルの中を過ごしていた時間だったと思えます。昨今ではあっと驚かされてしまうぐらいの破壊力のある暗いニュースが世間を包み、止むことはありません。そんなニュースばかり耳に入ってしまう中、自分なりに社会の暗い瘴気みたいなものが蓄積していく感を覚えました。そんな自分に纏わりつく瘴気を払おうと足掻いて書いたのがこの作品です。はじめは身近な人が喜んでもらえる作品をモットーに進めていく中で、次第に読者の皆さんの読んでくれている姿を強く想像するようになりました。書く中で変化する自分の感情と思考によって矛盾もまた生まれるようになり、執筆過程で己に対しての追及もまた強く生まれ、どれが正しくて何が悪なのか、もしかすれば、この世は、正しさも悪たらしめることもすべてを決めていく事自体がすでに傲慢なのかもしれません。矛盾の中で人は常に存在し、矛盾がまた足りない場所の隙間を埋め、その繰り返しの中で人は生き、その結果また傷つき傷つけながら、それでも前に進まなくてはいけない生き物であるとつくづく感じてしまいます。

この話の主人公正宗も自分の生きる意味の正しさを求めるが故に、自分の還るべき場所でもある服部を潰したいと口にしています。でも、本当はどうなんでしょうか。憎しみや悲しみが増えれば増えるほど矛盾を抱えなければいけません。そんな未来を否定したいから、道のりが険しく果てしなくともまた矛盾を抱き糧にしていくことで、自分に言い聞かせ、未来への進むべき道に繋げていくことで生きる意味にしているのかもしれません。そして、著者の私もまた正しさとは悪とは両方を抱えた矛盾の先に何があるのかを知りたくて生きる選択をしているだろうと思い込んでいます…。それがこの作品を最後の最後まで書き上げた時にまた伝えられればと考えています。

兎にも角にも今回「ＨＡＮＺＯ―伊賀忍士編―」が物語の始まりです。これから正宗が自分に課せられた運命をどう乗り越えていくのか。私もワクワクを正宗といっしょに或いはその仲間たちと共有して、ドキドキを携えながら一歩一歩を進めていきます。まだまだ物語は始まったばかりで続きます。皆さんの声がある限りこの物語を続けたい、その想いで読者の皆様といっしょに完結まで漕ぎつける未来にどうかお付き合いの程お願いします。そして、これからもどうかどうか末長くよろしくお願いします。

あなたにとって、この本が良い出会いであれば嬉しいです。ではまた……ではでは。

著者プロフィール
尾古 貴大（おこ たかひろ）
京都府在住

著書
2003年『彷彿』文芸社
2006年『時を止めることを許されない世界の中で』文芸社
2018年『たまんねぇーよ』文芸社

HANZO 正宗 —伊賀忍士編—

2023年12月15日 初版第1刷発行

著 者 尾古 貴大
発行者 瓜谷 綱延
発行所 株式会社文芸社
〒160-0022 東京都新宿区新宿1－10－1
電話 03-5369-3060（代表）
03-5369-2299（販売）

印 刷 株式会社文芸社
製本所 株式会社MOTOMURA

ISBN978-4-286-24751-9